女が
そんなことで
喜ぶと思うなよ

～愚男愚女愛憎世間今昔絵巻

女がそんなことで喜ぶと思うなよ

〜愚男愚女愛憎世間今昔絵巻

鈴木涼美

集英社

はじめに
〜口を開いて男のワルグチ

「オバサンから言わせてもらうとー」

なんて自虐的な前置きをつけて会話することにも慣れつつ、本気で自分のことをもう価値のないおばさんなんていう風にはそれほど思ってなくて、でも「いや私オバサンじゃないし」と反論するほどは否定してないっていうか、気持ちの半分くらいは本当に若い女の子じゃなくなっちまったなーとか思ってるし、実は17歳くらいから29歳くらいまでずーっと若い女の子の立ち位置というのを満喫してたので若干飽きてきてたし、立ち位置が一個ずれたのが新鮮でちょっと楽しいという気持ちもなくはないし、でもやっぱり文字面的にオバサンっていうのはいかにもガツガツしていて愚鈍で辞書など引いてみても、「年配」とか「中年」とか「子を持つほどの年齢」とか芳しくない結果であって、やっぱりあんまり当事者でありたくない。

というか女の人生を、子供、若い女、おばさん、おばあさんに分けるとしたら、ご長寿のわが国ではまだまだ別におばさんとも言い難いのに、なんで私たちは結構な頻度で「おばさんだからさ」と言っているのだ。

身体的なピークが過ぎたことの嘆き、ピチピチギャルと渡り合うことからの逃げ、負けた時の言い訳、色々と理由は思いつくけれども、基本的には女30代、難しいお年頃なのだと思うのですよ。

まず、10代20代の時のちょっとした選択が大きな結果を持ってくるから友達との生活の違いが出やすいし、子供を産むリミットが迫っているし、仕事で或いは家庭で責任を負わされるし、寝不足で肌は荒れるし、そして何より男からの扱いが大変ザツになる。

17歳とかが思春期とか反抗期とかいわゆる難しいお年頃なんて言われているのには異議ありで、17なんてくしゃみしただけで社会が可愛いと言ってくれるし、セックスしただけで女神扱いだし、絶対今の方が世界に対して反抗したいことがありすぎる。

オバサンと前置きして傷つかないための予防線を張りがちな私たちだけど、少なくともこの名付け親、そして私たちから「人生を超楽しんでる！なう！」という自信を奪ったのは男の方なので、とりあえず口を開けば男の話、それも結構ネガティブな話をしている女たち、それが私です。

男のものの捉え方を否定して男の情けなさを啄み、ウィットの利いた悪口を延々と語れる一方、いくつになっても男を夢中にさせるにはどうしたらいいかについて一晩中でも議論ができる、大変矛盾した生き物だけど、愛なんていうのはそもそも大きな矛盾の中にしか存在しないので、ぜひとも私たちの矛盾を楽しみ、味わっていただきたい所存。

プライドを捨てて買い出したら止まらなくなった、大きめのパンツとヒートテックとフラットシューズの山の中から愛を込めて。

目次

はじめに
〜口を開いて男のワルグチ 2

PLAY ▶ 第1章 恋愛とか結婚とか不倫とか
Romance * Marriage * Love Affair 7

30歳の誕生日 〜すべて失う5秒前 8
未知なる女の持ち物事情 〜小さい財布みぃつけた 16
男にとっての妻と愛人 〜渡米か不倫か 26
アラサー女の真のスッピン 〜すっぴんがいいね、とキミが言ったから 36
得する女損する女 〜夏が来ちゃってしょうがない 46
モテる？ 女の条件。 〜乳の遺言 56
家庭と仕事の男女逆転はありうるか 〜もうヒモ以外愛せない 70

男は「別名で保存」、女は「上書き保存」問題　～彼氏は過去を愛しすぎてる　80
女がそんなことでキレイになれると思うなよ
～美容道中膝栗毛　92

PLAY ▶ 第2章

社会とかフェミニズムとかハラスメントとか

Society * Feminism * Harassment　101

セクハラ問題　～いやよダメよがお好きでしょ？　102
間違いだらけのフェミニズム　～その男、リベラルにつき　110
平成最後のパワハラ判定　～逃げるは恥だし角が立つ　120
女性活躍社会の不都合な真実　～キャッチコピーの女は電気椅子で夢を見るか　130
女の不幸、その戦犯は男か社会か恋愛か？　～＃ＭｅＴｏｏは株券ではない　140
女がそんなことで成功すると思うなよ
～仕事三十六景　152

161 PLAY ▶ 第3章 男とかおじさんとかあなたとか

Man * Old Man * You

162 おじいさんによる「おばさん」ディス ～女の子はいつでもミニ年増
170 買春大好き日本 ～「シロウト」女、上から見るか下から見るか
180 男と女、それぞれの成功論 ～あの鼻を折らすのはあなた
192 男のロマンチック体質 ～メンヘラおじさんの純情な感情
202 箱入り娘とマザコン男の不思議な相性 ～例えばママがいるだけで
214 謝らない男たちが守りたいものとは ～僕のゴメンネのぼうよみ
224 男の言葉と行動の深すぎる分析 ～愛と妄想のファシズム
238 あとがき

第1章

恋愛とか結婚とか不倫とか

Romance*Marriage*Love Affair

PLAY / P8-15

30歳の誕生日
～すべて失う5秒前

随分前に私が心変わりしてフッて以来、その直後には月に1回ほど、その後も年に1回ほど「戻ろうよー、幸せにするから」とか「悪いところ直したいと本気で思ってるし、もう1回やり直そうよ」とかいう連絡をよこしていた男から、「君がいろんな意味でのだらしなさを改善する気があるなら、もう1回俺と付き合ってみる?」と連絡が来て、私はその携帯電話の画面を見つめて数秒固まったあと、**女が30歳になるってこういうことだったのか**と一人ナットクしてしまった。

いや、正直ナットクとか全然できな

いんだけど、妙に説得力を持ってやってきた女の加齢に伴う現象の一つにもはや清々しさすら感じて、ああそうかよ、と喧嘩腰にその事実を受け止めた。30歳になって半年が過ぎた頃だった。

そういえばまだ私が20代の生きやすさに甘んじていた頃、「女が30歳になるとそれまで見下していたものが横に並び、32歳や33歳になると、それらはいつのまにか上から自分を見下しているから気をつけて」なんて言ってきた先輩がいた。ここでいろ見下していたもの、とはすなわち男のことである。

同世代の男に限っていうと、私たちは生まれてから基本的にずっと彼らを見くびっている。そもそも同い年であれば学校だろうとバイト先だろうと新入社員の研修だろうと女の方が順応性が高く、要領がよく、そつがないし、わざわざ地位も名誉も得る前の貧乏な同い年の男の世話にならずとも、ちょっと年上の地位と名誉とお金と甲斐性のある男が面倒を見てくれる。ということで同い年の男に媚びへつらう必要はまったくない。

年上の男に限っていうと、私たちは生まれてから基本的にずっと彼らをなめくさっている。だって私たちの方が若くて瑞々しいし、私たちが若くて瑞々しいという、まったくもって私たちの努力や実力なんて無関係な理由で、彼らは私たちを賞賛し、崇めてくれる。知識も経験もない私たちに酒を注がれるだけで何万円も支払い、大した人間力もない私たちの着用した下着に何万円も支払い、技術もキャリアもない私たちと寝るためにやはり何万円も支払う。なかなか甲斐甲斐しいが、なんともバカバカしい。

そういうわけで私たち、禁断の10代・魅惑の20代において、特に男女差別などに興味を持つこともなく、男を見くびって男をなめくさり、ついでに男が作ったこの世界と男が牛耳るこの社会もなめくさり、不幸や苦労や報われない努力というものが確かにこの世界にはあるらしいが、少なくとも自分とは無関係であるという事実を、まるで疑うことなく生きてきた。

もちろん、よほど先見の明でもない限り、結婚なんていう、自分の前に無限に広がる幸福の可能性をたった一人の自分より優れていない生物に託すなんていう行為に興味が湧くこともなく。

しかし30歳になって一部の女が産休に入ったり結婚を機に別部署に異動したりするタイミングで、それまで持ち前の不器用さと順応性の低さでいまいち成果を上げていなかった男たちが、いい加減働くということにも慣れ、メキメキと頭角を現し、ついでに地位と名誉とお金もほどよくついて、急に存在を獲得しだす。そしてようやく女に相手にされるスペックになった男が向かう先は、それまで自分らを見くびって相手にもせず、年上の男の車に乗って年上の男の支払うレストランで自分らより数倍いい値段の飯を食っていた同い年の女では当然なく、**若く瑞々しいかつての私たち、すなわち若い女のところだ。**

それまで機会があれば一度くらいはお願いしたいと思っていた同い年の女については、あれまだそこにいたの？と横を向き一気に抜き去って、抜き去った後はほとんどいないものとしてさらに下にいる若い女の引き立て役程度に視界の端っこに確認する程度。

　そうやって私たちが見くびっていた同世代の男たちの手によって、かつての私たち、そしていずれはいまの私たちになるであろう女たちの舌が肥えて世の中をなめくさるようになるのを横で微笑ましく見てはいるものの、かつて世の中をなめくさり、欺瞞と自尊心と楽しさを一気に背負い込んで道を闊歩していた私たちはというと、区役所通りを通るたびに、歌舞伎町のスカウトマンに「銀座のクラブ興味ない？　もしくは吉原の高級店は？」と声をかけられるようになり、親戚の会合でかけられる言葉が「いい人いないの？」から「子供ほしくないの？」に変わり、マルキューの店員に敬語で話しかけられ、飲み会で会費を請求されるようになった。

　男が年を重ねるごとに何かしらを得ているのだとしたら、女は30歳の誕生日に、持っているものの9割くらいを毟り取られ、その後は年を重ねるたびに残った1割をさらに数パーセントずつ剝ぎ取られているような気分で生きている。すべては日本人の男の処女信仰とロリコン趣味、経験値の少ない素人女じゃないと

安心して勃たない情けない下半身のせいなのだけど。だからと言って私たち自身が、30歳の誕生日を境にそれまで高飛車だった性格が急に謙虚で控えめになり、贅沢だった好みが質素で地味になり、買い手市場から売り手市場になった事実を慎ましく受け止めるようになるかといったら、当然そんなことは微塵もなく、高飛車で贅沢なまま、人を見下し世の中をなめくさったまま、なんならそこに知識と経験と財力までついて、恐ろしくピッキーになっているのだから本当に手に負えない。

そんな30代女を前にして、男は確かにその扱いに辟易するのだろうが、それでも共存しなきゃいけない限り、多少は私たちの話も聞く必要がある。私が何を言おうと、所詮すべて失う5秒前の女の戯言と思ってくれていいのだけど、男たちが相手にしたくてたまらない10代や20代の女というのを最も間近で経験し、その経験を踏まえて存在するのは私たちだけとも言える。

少なくとも、それまで若く瑞々しいという理由で私たちを蝶よ花よと可愛がっていた年上の男たちが今さら手のひらを返したように「20代の女の子ってそんなに面白くないいんだよね、飽きるし。女は30歳過ぎてからの方が実は魅力的だよ?」なんて言ってきても鼻で笑うしかない。

「アラサー女がそんなことで喜ぶと思うなよ」と。

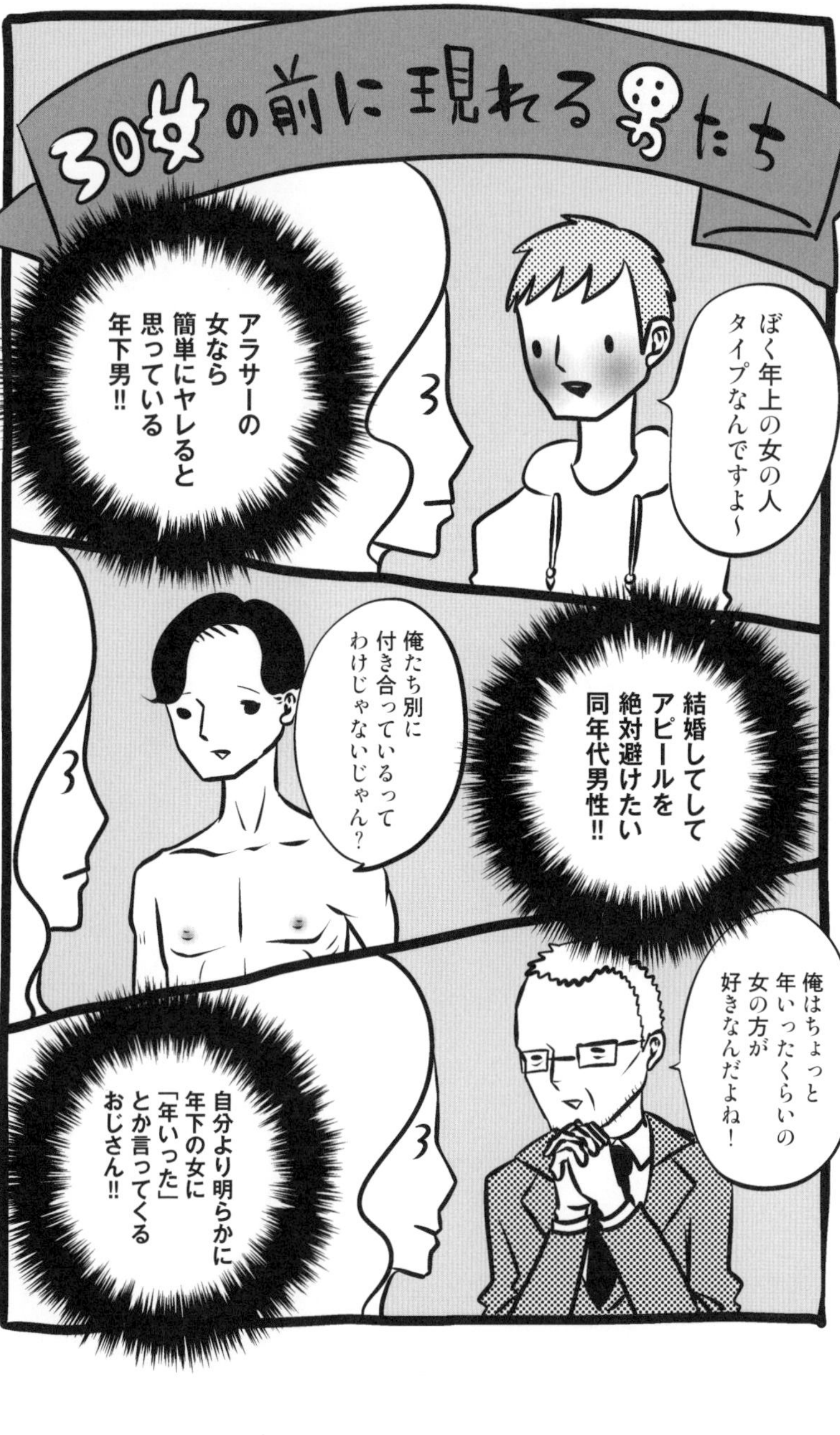
30女の前に現れる男たち
ぼく年上の女の人タイプなんですよ〜
アラサーの女なら簡単にヤレると思っている年下男!!
結婚してしてアピールを絶対避けたい同年代男性!!
俺たち別に付き合っているってわけじゃないじゃん?
俺はちょっと年いったくらいの女の方が好きなんだよね!
自分より明らかに年下の女に「年いった」とか言ってくるおじさん!!

PLAY / P16-25

未知なる女の持ち物事情
〜小さい財布みぃつけた

かつて私が処女に毛が生えたような年齢で、自分のオトコの乗っている車が何であるとか、一緒にハワイに行ったらどこに泊まるとか、彼のクレジットカードの年会費がいくらだとか、そんなことが結構重要だと感じていた頃、そしてなぜかそういった自分の努力や労働とは実は全然関係がないオトコのすごさがあたかも自分のすごさであるような気がしてならなかった頃、東京の、そういろ私と似たようなメンタリティで生きている若くて可愛くてバカなおねえさんたちの間で、グッチのバンブーシリーズというのが流行っていた。

今の20代の女の子は見たこともないかもしれないそのシリーズのバッグ

は、大きさや素材にバリエーションはあるのだが、とにかく取っ手の部分が竹素材でできている。**見た目のオシャレさの代償として、当然肩にかけると死ぬほど痛い。**購入前に店頭で持ってみた時にはそんなに痛くないと思ったのだけど、それはその時はバッグの中身が空だったからで、財布とか化粧品とか女子を女子たらしめるグッズを詰め込んでから持ってみると、細い竹が肩に食い込んで跡がつくほど痛い。

その、竹という素材は見た目にオリエンタルな風情はあるけれど少なくとも肩にかけるカバンの取っ手にはまったくもって不向きである、ということを全世界のオシャレガールたちにただただひたすら証明した、一般的な意味では何の実用性もないバッグはしかし、荷物を快適に運搬する、というのとはまた別の、極めて重要な役割を持っていた。例えば私がその時にすでに新聞社に勤めていたり、今のように細々とした原稿料をかき集めて何とか生活していたり、あるいは真面目に親元で介護などしながら生真面目に学校へ通うような心穏やかな生活を送っていたのだとしたら、そんなバッグを買うことはない。大きさのわりには荷物が入らないし、無理やりパソコンや分厚い本を入れたら竹が折れるか肩の骨が折れるかしそうだし、担いだまま地下鉄に乗って歩き回っていたら肩や腕に青あざができそうだし、そもそもそんなレベルの使い心地なのに値段は大変高価。

要するにそんなバッグは、荷物をそんなに持ち歩かなくていい、地下鉄に乗らなくてもいい、重い荷物を代わりに持ってくれる人がいる、移動は常にそいつの車かタクシーの、重い本など読まない、そして何より、オシャレで流行っているというだけで将来性のない高価なバッグを人に買ってもらえるオンナだけが持つのを許された代物なわけで、それを公共の場に持っていくことは、**私はそういうオンナです、という大変わかりやすいアナウンスとして機能していたわけである。**

私には金持ちの彼氏がいます、私はバカでも許されるくらい可愛いです、私に歩いて帰れなんていう男はいません、仕事道具どころか財布すら持ち歩く必要がないんです。

そんな、最小の荷物と大量の自尊心を持つオンナたちの、若さ特有の皮肉のない明るさによって、バンブーシリーズは雑誌の巻頭特集を何度も飾るほど流行ったわけである。

さて、シワと荷物と皮肉が増えて、その代わり女性ホルモンとなけなしの自尊心がめっきり減った私は最近、仕事仲間や旧友である同年代の男たちが飲みや食事の場に若い女の子を連れてくる、という状況にしばしば出くわすようになった。

男にとって女というのは3種類いて、**見せびらかしたいオンナ、家にいてほしいオンナ、いなくなったらそれなりに寂しいけど普段は基本的に背景と化しているオンナ**である。

男にとってそれは3種類のそれぞれ別の生き物なわけだけど、女は男が思っているよりずっと変幻自在なので、かつてAだったものがCになったり、Cに見えて時々Bになったりするのだが、少なくとも30代になると同年代の男にとって背景になることが多々あり、背景は背景だけに、そこにくっきり実在していた頃よりずっと色々なものが見えるようになるものである。

先日も、若干の仕事を兼ねて気心の知れた同世代男女混合の複数人で2日ほど地方に行く機会があり、諸々の用事を終えた夕方から深夜まで地酒を飲んだりスナックで歌ったりしていたのだが、仲間内の一人であるそこそこ富裕層な男が

「近くにちょっと友達の女の子住んでるから呼んであげていいかな?」と切り出した。一応そういった場合には、そこに居合わせた知識と肩書きと軽めのほうれい線のある私たちオンナは**「愛人じゃないなら」「バカじゃないなら」と嫌味半分の条件を出す**のだが、経験上、会話に名前が一度も出てきていない、何の友達か明示されない女の子が登場する場合、AなのかBなのかCなのか不明な場合は少ないし、嫌味半分の条件は達成されない場合がほとんどである。

地方では随分と高級な部類に入るご飯屋に現れた出来立てホヤホヤ20歳の女の子は、何の疑問もない綺麗な身体と綺麗な顔をして、下の名前と、地方の事務所に所属して時々モデルの仕事をしている旨だけの簡単な自己紹介を済ませ、その後はおじさんとおばさんのそこそこ品がない文化的な会話に参加するわけでもなく、強く自己主張するわけでもなく、その富裕層男と時々小さな声で会話しながら、ただただそこにいた。

飲み物頼む? この後もう1軒行くけど来る? 何か歌う? タバコ吸ってもいい? 遅くなるけど大丈夫? お家近いの? といった質問にハイだけで答えるそういった女の子は、そういった状況で出くわす多くの女の子がそうであるように、彼女自身にそっくりな、キャッシュカードどころかお札もたいして入りそうにない、見た目だけがとても可愛いバレンシアガあたりのタイニーな財布を文字通り飾りとして持っていて、1足だけを大切に持っているのであろうルブタンのオーソドックスな黒ピンヒールを履いていて、「そのヒールじゃ歩くの辛いでしょ？」と、実は既にそのアイテム自体にプログラミングされている、折り込み済みの台詞を特に疑問もなく投げかける、一緒に年をとってきた同い年の男を尻目に、おばさんたちはその財布のタイニーさとヒールのピン級な細さに込められた彼女の自己主張を嗅ぎ取っている。

何てったって、竹の取っ手を握りしめてそちら側に立っていた張本人なのだから。

そしてそこに居合わせたおじさんもおばさんも当然彼女のタイニーな財布の中身を1円たりとも出させることはせず、ピンヒールの中で悲鳴をあげるまだタコもウオノメもない柔らかい足を歩かせることもせず、近くのホテル泊まってるけど来る？と問いかける富裕層男にハイとだけ答えて歩きなれない様子でタクシーに乗り込む20歳実家住みのモデルさんを見送った。

彼女を呼んだ男とはまた別の男が、「おとなしい子だったけど大丈夫だったかなぁ。楽しかったかなぁ」とか「本当に2人で帰しちゃったけど平気かなぁ」なんて言っていたが、別に彼女について心配することは何もないのだ。

だって彼女もあと10年もしたら30歳の誕生日を迎えて、自分が「バレンシアガの財布で出かけることを許す男」、という視点だけで見つめていた金持ちの男が、自分のことも「連れている女ジャンケンでそつなくあいこが出せる女の子」、という視点だけで見ていたことに気づくし、それまでにバカじゃない、愛人じゃないポジションを得ていれば何の問題もない。

何せ時間はたっぷりあるし、選択肢だって大学偏差値を使うものから顔面偏差値を使うものまで色々ある。

見た目がバレンシアガの財布程度に可愛い女の子は何の問題もないのだ。その頃には、クレジットカードやら社員証やら、あるいは子供の保険証やらスーパーのクーポンやら、色々入る大きい財布に変える必要こそあるかもしれないけど。

世のオトコを、小さい財布でデートできるかどうかで見定める若いオンナのそれや、世の若いオンナを、隣に飾っておくのにちょうどいいかどうかで見定める金と権力をそこそこ摑んだオトコのそれを、**愛と呼ぶならそれはまさに愛だろう**。

そもそも愛とか恋とか、わかりやすく言えば結婚に帰結する男女の見定め合いなんていうのは、多くはそんなきっかけで始まるのだろうし、相手が自分の想像通りに自分のことを思っていなくたって、自分だって相手の想像よりずっと殺伐とした気持ちで相手を見ているのだからお互い様である。

ただ、バレンシアガの財布の若いオンナは永遠に若くはなくて、20代30代を駆け上るにつれて、都合よく

ＡになったりＢになったりＣになったりして器用に生きながら、打ち上げ花火もオトコの見栄も下から見るか横から見るかはたまた上から見るかでだいぶ景色が変わることに気づくことができるのに対して、バレンシアガが10年後には自分の隣の席でしっかり大きいシャネルの財布を開いているオンナに変わっていることにも、自分の向かいの席で大黒摩季歌ってるオンナがかつてバンブーだったことにも気づかず、ＡはＡでしかなく、Ｃは絶対にＢではないと思ったまま死んでいくんだとしたら、やっぱり

オトコって相当におめでたいアタマの中をしているものだと思う。

若くて可愛くて
バ☆カなお姉さんの
バッグの中身
小さい財布
BALENCIAGA
行きの交通費を出す
以外に開かれる
ことは決してない
スマホ
23:06
まあこれは
要るよね
口紅
ファンデのヨレ？
毛穴？ なにそれ？
化粧直しなんて
口紅あればよくない？
以上!!

PLAY / P26-35

男にとっての妻と愛人 〜渡米か不倫か

大人になんかならないよ、と言っていたのはオバQだったと思うけど、人間ってわりと不平不満の多いワガママで勝手な生き物なので、自分の年齢にとても納得がいっている状態、というのは実は結構少ない。

子供は早く大人になって遅い時間まで遊んでいても怒られないようになりたいと思うし、中学生は早く高校生になってバイトをしたり学校帰りに渋谷で遊んだりしたいと思うし、女子高生は早く18歳をこえて車の免許とったりキャバで働いたりしたいと思うし、田舎の女子大生はここは退屈迎えに来てと思うし、男子学生は早く霞が関やら汐留やらで働いて小銭を貯めて肩書きと札束の匂いに吸い寄せられる女を食べたいと思うし、新入社員は早くバリバリのチームリーダーになってプロジェクトを回したいと思うし、過ぎてしまえば今度は、若かったあの頃何も怖くなかった、と懐かしむに決まっているその時間を全力で慈しもうとはせずに、**自分の失敗や自分の敗北は若さ（後にはもちろん、老い）のせいだ**、と思いたがる。あなたはもう忘れたかしら。

20代半ばまで大学院生をしていた私は、人より一人前の社会人になるのが遅れている、というコンプレックスがあったからか、**学生時代は20歳を過ぎた後もオトナの女性というものに並々ならぬ畏敬の念を抱いていた。**

例えばその頃の7歳上の代理店勤務の彼氏の同僚の女のひと、というと、洗練されていて、女らしいのにかっこよくて、マノロを何足も持っていて、目立つヴィトンのバッグやシャネルのカンボンラインなんて目もくれずにセリーヌの仕事バッグやエルメスの財布をさりげなく使っていて、「もっと上よ、そうそこ、強く吸って」とか色っぽい主導権があり、金曜の夜に男の誘いをあえて断って青山の会員制のバーにキャリアも学歴も収入もある女友達で集まって、シャルドネとかピノ・ノワールとかブルゴーニュとか言いながらオシャレチックな夜を過ごしていそうなイメージがあり、キャバの給料で買ったカンボンラインを下品に抱えて「もっと奥まで。手は使わないで」と男に主導権

を握られていた私は、そんなキレイなオネエサンに「いいなぁ、若いって」なんて流し目で言われると、「まだ何にもわからないお子様ね」と嫌味を言われているような気がして、かってにひどく自尊心が傷ついた気分になっていた。

そして**そんな女の人に囲まれている男が週末を過ごす相手として私を選ぶのはとても不自然で、彼女たちに本気で対峙されたら何ひとつ敵わない**ような気もした。AV女優としてのギャラとキャバクラの給料を合わせれば、高給で有名な代理店の30代の収入に比べてもそんなに見劣りしなかったはずだが、キャリアを重ねて得たお金やそれで買った品物は、同じ値段の私の服よりずっと上等に見え

るし、絶対に早くあっち側に行って、ついでに女同士でモナコなどへも行って、男の数ヶ月分の給料と同じくらいの値段の宝石を買ってやる、と思っていた。

当時の私にぜひ言いたいのだが、確かにやがてマノロやセリーヌは増えて、会員制の店にも男の同伴なく入れるようにはなるが、基本的にはその頃より庶民的な店に平気で入る鉄面皮こそ加齢とともに育つものだし、しかもそこではボルドーとかクリュッグとか言っているわけではなく、「G原くん、今女子大生と付き合ってるらしいよ」「知ってるよ、舞い上がっちゃって。若い子なんてすぐ心変わりするのにさ」「自分より経験も知識も少ない女と付き合いたがる男なんて小物の証拠だよ、出世しないよ、あいつ、もう狙うのやめなよ」「あーあ、それにしてもこんなに仕事続けるつもりじゃなかったのになぁ。また親が入院してさー、孫見せろってうるさいし、最近私自身腰痛やばくてさ」「あ、それより首のポツポツイボって、取らないとどんどん増えるらしいよ」と悲壮感たっぷりで語り合っているのであります。

そして別に「もっと上よ」とか言わないし、フェラチオ中にはやはり頭を押さえつけられるし、「いいなぁ、若いって」は、社会の論理と男の好みと自らの経年劣化をイヤって言うほどよく知ったうえで、本当に心と子宮の奥から出るしっかりした経験則の叫びである。

そして何より言いたいのは、モナコで宝石を買う未来など別に必死に目指さなくても運がよければ手に入るから、小さな指輪に安い宝石と苗字と毎月の給料と未来を乗せて渡してくる男ともっと真剣に向き合った方がいい。**15年後のオトナの女になったあなたは10足のマノロと引き換えに、お嫁さん候補としての条件を8割がた失っているから。**

なんて今から思っても、当時の私、そして私と似たような、学力や処世術はそれなりにあっても現実的な計画性と先見の明のないワガママで勝手な若い女にとって魅力的なのは、品川や下高井戸あたりの現実的なマンションのローンや学資保険や紳士用ソックスのセールや姑連れのグアム旅行ではなく、日々の狂乱と文化的な会話なのだから仕方ない。

そんなわけで先日も同年代の、給料と会社での地位と学歴と靴だけはたくさん持っている美人な独身の友人ら3人と、深夜の大衆寿司屋で、私たちに残された有力な選択肢について語っていた。共通の知人たちの現状について、芸能人のスキャンダルについて、過去に見てきた来るべき40代のなかなか厳しい現実について。そして話題が、最近大変高名な経営者と不倫始めました状態の独身エリートの女友達に及んでからというもの、お互いの知人の不倫経験や不倫の現状について順番に披露する、という変な方向に盛り上がり、人妻となった友人たちの性の乱れや、自分らを口説いてくる既婚男の多さに大げさに驚愕しながらひたすら芽ネギの握りを食べていた。

エリート女は意外と不倫率が高い、というのはよく言われることだ。

基本的な理由としては、結婚に向けて真摯に努力している女に比べて、結婚への切実さが相対的に低い女は、「将来」を優先して「今」は男性に気を遣う、とか、結婚を視野に入れてもらえるように男性の機嫌をとる、といった行動と無縁なので、結婚を考えている男性にとっては当然それほど魅力的ではなく、逆に結婚願望が切実な女に見向きもされない既婚男性にとっては対象から排除されないという理由でそこそこ魅力的だからだ、ということくらいで十分説明できるが、深夜の寿司屋では思考がややトンデモな方向に突き進みがちなので、そこからさらに売れ残り30代たちの議論は加熱。

寿司屋にいる女たちは何も、仕事に生きようとメラメラ燃えて歩んできたわけでも、男より自分の成功！と意気込んできたわけでもなく、学校でテストがあれば試験勉強をして、受験シーズンには素直に受験勉強をして、大学に入れば卒論を書き、就活時期になれば就活をして、会社に入って言われるがままに働いていたら、知らぬ間に出世していたわけである。社会的な地位や経済力など、よき人生を歩んだ結果としての報酬がモテに繋がるのが男の醍醐味であるとしたら、全く繋がらないどころか、**人間的な成長や社会的成功に往々にしてモテの邪魔をされるのが女だ、**と嘆くのは某新聞社政治部の女。

隣で聞いていたややフェミにおもねる傾向のある米国留学経験者の女は、米国の成功者の男性は絶対に短大を出たばっかりの若さと愛嬌しかない女と結婚なんかしないで、同じような脂ののったエリート女を選ぶ、ブラピを見よクリントンを見よ、と主張。

それに対して、新卒入社した銀行で延々と出世を続けるもう一人は、確かに米国人男性は日本人男性に比べればエリート女や若干の年増も結婚対象にすることが多いが、その代わりに不倫相手は家政婦だったりモニカだったり、およそ社会的なパワーのない者を選ぶ、と大変トリビアルな気づきを披露した。

多くの日本人男性が、結婚相手にスレた30代より、やや無知で味がなくとも、肌と思想に透明感のある若い女を選び、不倫相手にはエリートな同僚や水商売の女など、性的・社会的にスレた女を対象にしがちだ、というのと綺麗に対をなすように、成功者同士で結婚する日本のニューエリートや米国人の富裕層は、不倫相手に女子大生インターンや気立てのいい無力な女を選びがち？

男はどこの国のどこの時代に生まれようとも、自分を高めてくれる女と自分を越えてこようとしない女を両方抱かずにはいられないのか。どっちを本妻に、どっちを愛人にするかは人によるとしても。だとしたら、米国人に比べて趣味が幼いとかロリコンとかパワフルな女と対峙できない情けない男、と言われてきた日本人男性もちょっとかわいそうだ。

いやいや男に同情している余裕なんて、肌にも思想にも透明感などなく、身体も心もスレきった私たちには残されていない。

残されているのは、日本に滞在しつつ、味気ない女と結婚した男の愛人におさまるか、米国に移住して結婚し、味気ないバカ女と不倫されるか、という大変気の進まない二つの選択肢。そして何よりも明らかなのは、スレた愛人になろうとエリートな本妻になろうと、男を真の意味で癒すのはもう片方の女だろうということで、だとしたらオトナの女にちょっと自尊心を傷つけられることがあっても、やっぱり20代の方が楽しい気がして、**私たちはやっぱり自分の年齢には納得がいかない。**

さあ あなたは
どっちを選ぶ!?
短大を出た
ばっかりの
若さと愛嬌しか
ない女
VS
自分と同じような
脂ののった
エリート女
どちらかを本妻にし
どちらかを愛人にする
二者択一だ!!

PLAY / P36-45

アラサー女の真のスッピン
～すっぴんがいいね、とキミが言ったから

すっぴんで来ちゃったよ、ごめんね、とか、写真すっぴんだから恥ずかしいけど送ります、とか、女がしばしば使うフレーズではある。

そして同フレーズを発せられた男は、すっぴんじゃないでしょ？え？本当にすっぴんなの!?とか、全然変わらないからびっくり、と答えるのが定石となっている。そして普段の化粧をして整った顔より若干あどけなさの残るその「すっぴん」を可愛いなとか愛しいなと思い、ああそうか自分は作られたがっつりメイクの女よりもナチュラルで素顔の女が好きなのだ、とわりと素直に思い込む。

当然、そこで想定されているすっぴんは、スッピンではない。

例えば私のすっぴん、つまりしっかりしたベースメイクと色物のコスメを使っていない状態というのは、洗顔後に水やグリセリンだけではなく美容液にヒルドイドにクリーム、さらには毛穴の消える日焼け止め入りの下地を塗って、眉とインサイドアイラインはアートメイク、つまり入れ墨をしていて年に1回はリタッチされており、2週間に1回リペアされるまつげエクステがついて、二重は何度か直した末にようやく落ち着いた形になった埋没式で、下まぶたの涙袋は2年に1回微量のヒアルロン酸が注入されていて、あご下は脂肪溶解注射、フェイスラインはボトックスが打たれていて、もちろん数年かけて産毛の脱毛もしている。

高校時代のガングロメイクを除けば、しっかり化粧をした後の顔はそれほど変化していないと思うけど、すっぴんやナチュラルメイクの方は自身の劣化と財力の変動で幾たびもの進化を重ね、文字通り進化系の顔になって久しいので、年を重ねれば重ねるほど、男に、俺お前のすっぴんの方が好きだよ、なんて言われることが多くなった。

化粧の技術を上げるならまだしも、こうやって素顔を底上げして、女は化粧をしなくてもそこそこ色っぽいし毛穴はないし眉毛はあるし可愛い、という男の幻想を強固なものにしているとしたら、今後成人を迎え大人の女として生きていかねばならないような女の子たちにとって、私はさしずめ悪しき前駆者なのかしら。いや、でも私が16歳や17歳で、スッピンがまさにスッピンでしかなかった時から**男は、ゴテゴテと飾り立てた女よりもナチュラルな女が好き、**とぬかしていたから、別に私に責任はない。

そう、男はこぞって濃い化粧より薄い化粧、セクシーワンピよりさりげない色気、整形顔より普通の童顔、作られた礼節より天然ぽい笑顔、が好きと言いがちなのだけど、女のスッピンを本気で好きな男などほとんど存在しない。

すっぴんとかナチュラルが好きと言う時の男の脳内に浮かんでいるのは、湖っぽいところから濡れ髪で上がってくる本仮屋ユイカみたいな状態なのだろうが、本物のスッピンというのはそんな透明感があるわけもなく、突き詰めればほとんど商店街のおばさん。韓国のサウナで半裸でアカスリをしてくれるあのパンチパーマの集団こそまさに本物のナチュラルなわけである。それを色っぽいと思うのならばそれはそれで自由だが、少なくとも多くは最早オンナとすら認識しないような女、それこそがリアルにナチュラルな女である。

口紅もつけないままの田舎の恋人に都会で流行りの指輪を送る昭和歌謡があった気がするが、草に寝転び、口紅もつけずに田舎で待ってる女は、都会の女を見慣れてしまった男からすると、リアルナチュラルすぎて毛穴や産毛が目立ち、最後はたぶん浮気されたうえに手紙1通で無慈悲に別れを告げられるオチが待っているのだ。

以前、40過ぎの素人童貞の男と話す機会があった。

彼は吉原の高級ソープや交際クラブでパパ活に勤しむセミプロ女子とばかりお手合わせをしていて、会社の部下や地元の女友達には目もくれない。

その理由は「会社の女はいかにもいい男捕まえるぞ！という感じの化粧で、俺そういうの引いちゃう」から、そして「地元の女なんて熟女どころかババアしかいねぇ」からだという。

　彼は、彼の財力や彼が都内で相続するはずの一軒家狙いで厚化粧で寄ってくる会社の部下が苦手で、地元の同い年の女友達は彼にとって最早女ではない。その点、吉原の色白ナチュラルメイクの女たちは、ガツガツしていなくて黒髪がサラサラしていて、笑顔は柔らかく、かといって地元の女のような毛穴や皮脂のテカりがない……。ステキ。

　それは確かにそうなのだ。表面上は。彼の愛する吉原高級店は、黒髪・色白じゃないと雇ってもらえないのでみんなわざわざ長い爪を切って明るい髪を染めて面接に行き、別に彼と結婚する気は微塵もないので、彼の財力や一軒家には確かにそれほど興味がなく、もっと露骨に本日の財布の中身に興味を持つ。

　会社の厚化粧の女性社員の数倍冷たいのが吉原の女で、会社の女性社員たちが醸し出す計算やあざとさを持たないのは、本当のところ吉原の女ではなく、地元のスーパーで働く元同級生の方である。

　しかし、彼は男にあざとく迫ることで数百万円を稼ぎ、その稼いだ数百万円を整形につぎ込んでより化粧を薄くした女たちを、「さりげない品と、作られた美ではない自然な可愛さを持つ」女の子として激しく愛していた。

男の好むナチュラルはそんな感じで結構なお金がかかる。

例えば20歳前後になってようやく百貨店の1階で思う存分化粧品が買えるようになり、ゲランやクレ・ド・ポーやシャネルを顔に貼り付けていた頃の私と、百貨店の1階に出かけるのも面倒になり素顔をやや進化させることでなるべく日々の化粧をしないで過ごせるようにしている今の私と、どちらにお金と手間がかかっているかといえば当然後者。

生まれた状態からどちらがかけ離れているかといえばやはり後者なわけで、しかも35年間お金と手間をかけ続けてこのレベルなので、水から上がった本仮屋ユイカ状態までは未だ全然遠いし、その極みまで行き着くには少なくともあと500万円くらいはかかりそうなものである。

こんな話は私が今更説明するまでもなく、脱毛サロンの車内広告や美容系の雑誌や、よりナチュラルに見せるためのありとあらゆる化粧品の箱など見れば男にだって明らかなのだけど、どんなに親切な女が、湖から上がってきた本仮屋ユイ

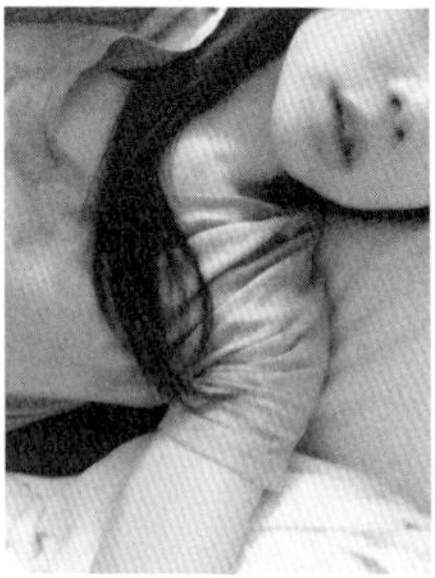

カにあるのは自然との融合ではなく、恋《いと》しさとあざとさと計算高さとなのだ、と力説しても、男にはいまいちその真意が通じず、この世には計算も深い欲も整形痕もなく、**「偶然にも」**金持ちだらけの合コンに居合わせて、今まで誰の誘いにも乗ったことがないにもかかわらず**「運命的に」**自分の誘いにはホイホイ付いてきて、男の好みなど知らないのに**「偶然にも」**彼好みの料理ができて、自分の親に会わせたら**「運命的に」**とても気に入られていて、急かされることもなく**「偶然と運命に導かれて」**自分のものになってくれる女がいると頑なに信じ、その信念を曲げようとしない。

そもそもナチュラルなのがいい、と豪語する男は、歌舞伎町のキャバ嬢みたいなゴテゴテ感を嫌うと同時にかつての松田聖子的なわかりやすい可愛い子ぶりっ子も嫌う。

つまり彼らは、毛穴や皮脂のテカリの生々しい現実が好きなわけではなく、整形やら高い化粧品収集やらをして自らを現実よりよく、現実より美しく、現実より可愛らしく見せようという浅ましい考えが嫌なのだ。

合コンのためにダイエットして化粧を覚えて上目遣いを覚えてスリットの入ったスカートを買い、鼻息荒く男を捕まえようと力んでいる女は計算高そうだしお金がかかりそうだし、一晩泊めたら自分の部屋の洗面所に堂々とヘアアイロンなどを置いていかれそうで、しかもそんなことをしておきながら、きっと他の男のいる場所にもお色気ムンムンなワンピースで出かけて色目を使っていそうだし、怖い。

だから、計算などなく自然にそこにいるような、たまたま湖から上がってきたような女がいい。

そんな、偶然と運命に導かれた女が存在する確率などユニコーンやイエティやネッシーより低い、という女なら誰でも知っていることを、男が知らないでいるのは最早別にどうでもいい。

水から上がった本仮屋ユイカは女から見て500万円の努力が見えても、男から見るとコスト0円に見えているらしい。救いようがなくおめでたいけど、もう知らぬが仏でいい加減黙って泳がせておこう。こちらがパンや米にかけるお金を切り詰めて、「すっぴん」やら「ナチュラル」やらのコスプレをして会いに行けば行くほど、男のファンタジーと無根拠な信仰は怪しく光ったまま権威を保つ。

最も美しいものでも最も醜いものでも、最も手をかけて端整に作られたものですらない、最も人工的なものに、偶然と運命の神など宿るわけないのだけど、そもそも信仰なんていうのは奥の方にちらほら見える、実在するのかどうかもわからないぼんやりとした光を、世界を救うかもしれない何かと信じ込む、その程度のものなのだから。

ただ、具体的に私たちにとって害があるので改めてほしいのは一点だけ。

深夜や早朝に、今からおいでよ、なんて連絡をよこしてきて、「なんで来られないのー？　仕事あるのー？　明日早いのー？　いいじゃんすっぴんでー」なんてほざくのは、イノセントにもほどがある。

言っておくけど、朝起きてから男の好みの「すっぴん」状態に持っていくには大体2時間くらいは必要なので、深夜に急に呼び出されたら、アカスリおばさんのクオリティで行くしかないのでございます。

男の求めるスッピン
女の真のスッピン

PLAY / P46-55

得する女損する女
～夏が来ちゃってしょうがない

先日、深夜25時に三軒茶屋でワインと白子とモツを同時に胃の中に入れながら、四捨五入すると40に届く妙齢の女3人で、薄々気づいていたしちょいちょい話したこともあるけどはっきり結論を出してはいなかった、とある真理にたどり着いた。ちょうど、白子のパスタが運ばれてきたあたりで。

深夜の炭水化物への罪悪感も、多忙な年末に仕事を放棄して出かけてきたことへの焦りも、平日に夜更かししていることへの不安も一瞬吹き飛ぶほど強固に降りてきた真理が何かというと、「ものはわかっていない方が得」だということだ。

30代も後半に差し掛かった独身女というのは、控えめに言って「イイやつ」が多い。

深夜の三茶に集っていた3人も、揃いも揃ってお人好しで、物わかりがよく、空気が読めて、聞き分けがいい、聡明かつ博識な仕事人たちであり、本人たちにもまた、そういった「人間としての高度さ」を、色々な経験や汗と涙を経て獲得してきた自負がある。

そしてそれぞれがその物わかりのよさによってわかりやすく損して生きている。

一人がこんなことを言う。

「男の人って、名前のつかないような関係にこちらがモヤモヤしているっていう、なんとなくの自覚があっても、問い詰められない限りはそんな状況を変えようとはしないよね。この関係どうなるんだろう、とか、私ってあなたにとって何？って聞かれたら面倒だろうし、仕事で疲れてる時にもっと別の楽しいこと話したいだろうから、私もあえて聞かなかったの。向こうは、聞かないこちらの親切に堂々と甘えて、答えを出すことを保留し続けて、結局、メンヘラで空気読めなくて相手の都合なんて考えずに、ちゃんとしてよ私たちの関係について話そうようちらってなんなのって問い詰めた女に押し負けて結婚しちゃった」

類似のエピソードを抱える他の2人は、モツよりずっと早くその発言を消化して、今度はもう一人が口を開く。

「忙しいって言われて黙ったら当たり前のように放置されるじゃん。そりゃ、忙しいって、本当に忙しいか、会いたくないかのどっちかだから、黙るのが人間として絶対正しいけど、会いたい会いたいってギャーギャー騒ぐ女もいるじゃん。男って騒がれたくないし泣かれたくないからテンションは下がるし面倒くせーとは思われるんだけど、結局、色々バラされたり友達に連絡されたりしたくないから応えちゃうよね。で、そこでさらに予定が押せ押せになって、聞き分けのいい女って後回し」

私は私で、なるべく人に嫌われないように、周囲に迷惑をかけないように、狭い肩身と弱々しい自己主張で生きてきた。

連絡がこないってことは会いたくないってことだよね、とか書いているツイッタラーのつぶやきに深くうなずいて、しつこく連絡なんてしないし関係について問い詰めないし、できれば一緒にいる時間は安らげて笑える時間にしようと核心はつかず、男に「考える猶予」という名の何にも考えずに都合よく関係を持続させる自由を与えてきた。

気づけば地下鉄の駅でホットフラッシュで大汗をかくような年齢で、独身で、閉経へのカウントダウンが始まっていて、それでも飽き足らず夜中に友人2人を三茶に呼び出して恋愛の愚痴をもらしている。

35歳が夜中にパスタとか食べてていいのかという問題もある。

物わかりがよい、は、「よい」とつくから人間としての長所だと思っていたよ、と誰かが言う。

そもそもそれなりに一所懸命勉強して仕事して生きていれば、ものってある程度わかってきちゃうしね、とまた誰かが言う。

功績であり長所でもあるはずの「よさ」がこんなにもよろしくない特徴だなんて誰が教えてくれたんだろうか。しかも、若い頃誰も教えてくれなかったことはそれだけに止《とど》まらない。

ものはわかっていない方がいい。そして、ものは知らない方がいいのだ。

「うちらがさ、一緒にいるような男って、普通よりは面白い仕事してたり、面白い本読んでたりするわけで、えーすごーいとか言われて喜んでる男よりは高度な生物だと思うじゃん。それが、全然そんなことない。同じなんだよ。さしすせそってあったじゃん」

さしすせそ。砂糖とか塩とかじゃなくて男を喜ばす**さしすせそ。**
確かに19歳でキャバクラに入店した時に、先輩にしつこく教えられた。

さすがー！
知らなかった！
すごーい！
センスいいねー！
そうなんですねー！

そう言われて悪い気分になる男はいないから、男って単純だから、男ってバカだから、男って自分よりバカな女が好きだから、と。

その頃の私はそんな単純なもんかねと思っていたし、その時はその時で若さを持て余し、可愛いやつと思われるよりすごいやつと思われたくて生意気だっただろうけど、とはいえまだ19歳、心からの「知らなかった！」は結構連発できる事情があった。今となってはすごいやつなんて思われたくないし、頭いいなんて言われたら顔に褒めるところがなかったんだろうなと思うし、へーよく知ってるねーなんて感心されたら背後に（年の功だね）という本音を嗅ぎ取ってしまうし、ぜひとも可愛いやつと思われたいけど、それなりに世の中を見つめる仕事をしていて、毎日ポストに新聞が届いて、サウナでワイドショーを見る癖までついて、心からの「知らなかった」は年々減少傾向にある。

さらに言えば、もうちょっと深刻な事情だってある。もう一人が3杯目の赤ワインを飲み干してからつぶやく。

「さしすせそで喜ぶっていうのはさ、薄々実感してても、それだけが欲しいんだったらわざわざ20代前半のピチピチギャルじゃなくて私と付き合わないだろって思っちゃうじゃん。そうしたら私が頑張るべきところはさ、さしすせその巧さじゃなくてついつい、私ならではの面白いトリビアとか切り口を提供することだよな、と思ってしまうのよね。自分のキャラも意識しちゃうし」

なんとも皮肉な話に聞こえるが、肉体や顔について褒められることが年々減っている私もまた、**面白いね、もっと話聞きたい、色々教えてほしい、なんていっ**

て男が寄ってくることがままある。

そしてじゃあ頑張る！と普段以上に諸々と一所懸命おもしろ話を重ね、こんなのはどう、これもあるよ、と熱弁していたら、男が求めていたのはオモシロトリビアな夜ではなく、さしすせその心地よい夜だった、とか。

だからと言って、嘘くさい「スゴーイ知らなかったー」を口ずさんでみても、透明感のある肌から発せられる透明感のある心からの「知らなかったー」には勝てないわけで、知っているのに知らないふり、わかっているのにわからぬふりなど限界が見えている。

私たちが悪いのか？

試験前に教科書を読んで受験前に参考書を読んで大学で課題の本を読んで就活のハウツー本を読んで部下の企画書を読んで上司のつまらないメールを読んで必死で生きてりゃ、いやでも知識も経験も増える。

それを放棄すればよかったのか？

それとも男が悪いのか？

出世しようが社会に認められようが、未だにすごーいさすがーでニヤけるのは馬鹿らしいが、もはや男の性癖に文句をつけても何も始まらない。**ちんこは脳とはちょっと別のものでできている。**

「かと言ってさー、物わかりが悪いうえに何にも知らない女になりたかったかっていうとなりたくはなかったしね」

そろそろそろそろ、と聞いてる2人はうるさく同意しながら、「ものがわからない女に戻ることはできないし、ものを知らない時代にも戻れない」と当たり前だけどそこそこ残酷なことを言いながら赤ワインから白ワインに移行した。

毎年毎年大黒摩季を聞いて、選ばれるのは結局何にも知らないお嬢様、夏がくる夏がくると一緒に口ずさんで、もう何度目の夏がきただろうか。

確かに夏はまた来年もくる。それは、もうしょうがない。わからないものはわかりたいし、ものは知っていた方が映画を観ても本を読んでも楽しい。

その楽しさと引き換えに大いなる可愛らしさと人生におけるいくつもの得を失ったなら、そっちの楽しさくらいは引き続き思いっきり享受したい次第。

最近男と別れたらしい一人が「素直さと知的さのバランスを失わずにもう少し言いたいこと言ってたら早めに答えは出されてて、傷も浅かったかもしれないけど、でも結局終わる時期が早まっただけだから、気を遣って逃げ場作ってあげてズルズルしてた時間にあった楽しいことは、この性格だから得られたお得なポイントかもね」と言ってその夜はタクシーでそれぞれの家に帰った。

翌朝、結局合流できなかった広告代理店の男友達に、女3人で過去の失恋まで掘り起こして話してたよ、なんてラインを送ったら、こんな返事がきた。

「人間は忘れることができるから　狂いもせずにほら生きている」

彼の好きな、「死刑囚の」言葉だそうです。

そうだ、**知っていることを知らないことにはできないけど、忘れることくらいはできるだろうから、せめてなるべく忘れっぽく生きよう、**とおそらく彼の真意ではないところでちょこっと救われた。

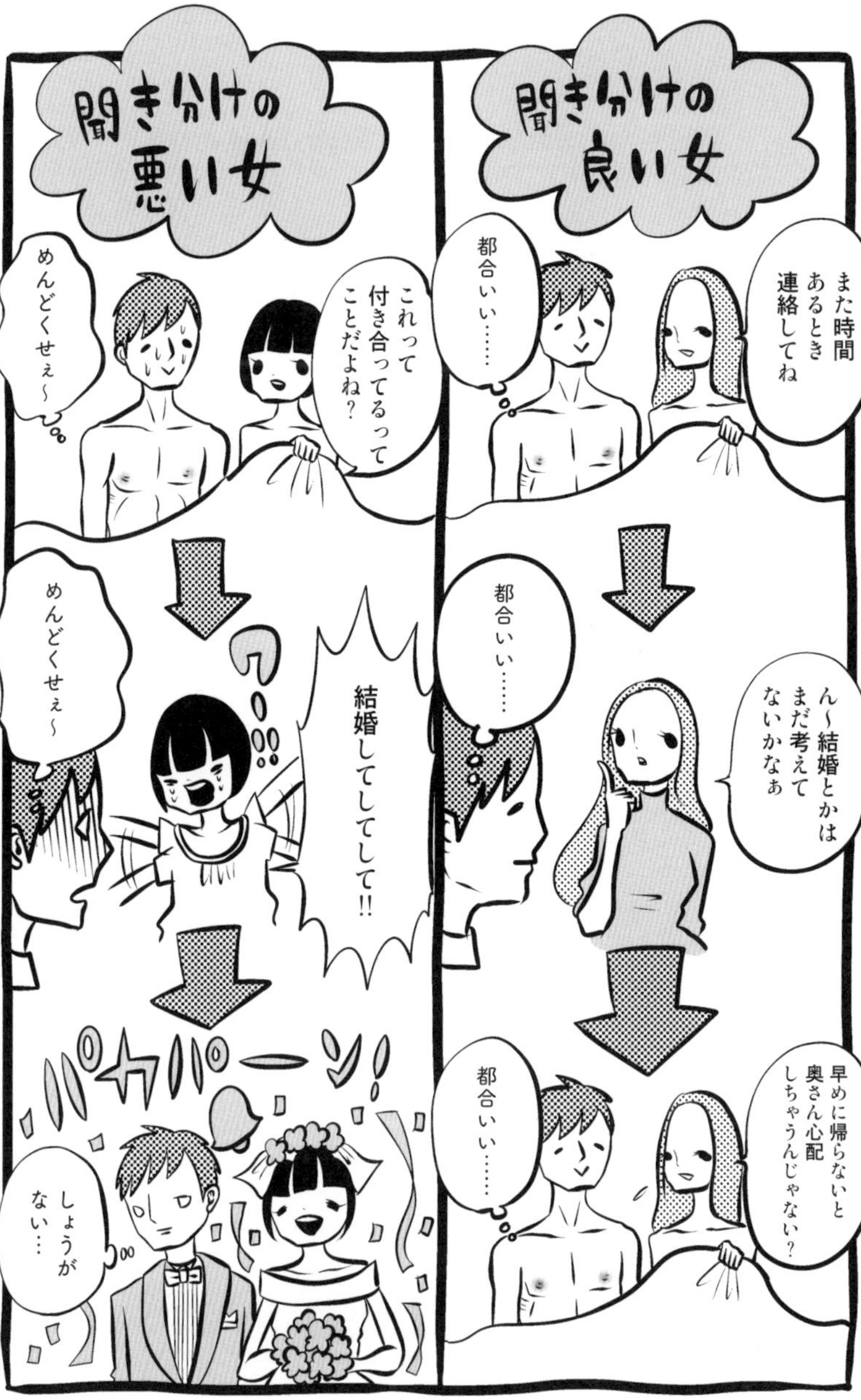

聞き分けの良い女
また時間あるとき連絡してね
都合いい……
ん〜結婚とかはまだ考えてないかなぁ
都合いい……
早めに帰らないと奥さん心配しちゃうんじゃない？
都合いい……
聞き分けの悪い女
これって付き合ってるってことだよね？
めんどくせぇ〜
結婚してしてしてして!!
めんどくせぇ〜
パカパーン!
しょうがない…

PLAY / P56-69

モテる? 女の条件。
〜乳の遺言

「なんか、全然そういう風に見てなかったのに急に告白されちゃって」

こんな、リンダじゃなくても困っちゃうほどイノセントぶった台詞を吐いたのは高校時代に私の斜め前に座っていた女である。

続けざまに、「○○ちゃんがずっと気になってるの知ってたから気まずい。○○ちゃんのこと好きになればいいのに」と、少なくとも表面上は受験や将来の目標なんかよりずっと真面目な悩みとして、私に胸中を打ち明けてきた。

要するに彼女は、友人の一人としてしか認識していなかった男子、しかも彼女の友人女子の想い人である男子に、不本意に告白されてしまって、困っている。

周囲で聞いている男子たちは、そうかぁモテる子なんだなぁ可愛いもんなぁ、モテる子にはモテる子なりの悩みがあるのだなぁ、大変だなぁと解釈し、そんな彼らの横を、すべてを理解した周囲の女子たちがアホウドリがごとく「阿呆、阿呆」と鳴きながら飛び回る。

牧歌的な日本の中学高校で、幾度となく繰り返されてきた光景である。

アホウドリと化した女子たちはよく知っているのだ。**女が「惚れられちゃって困っている」という事態の90%は、ちゃんちゃらふざけた茶番である**ことを。

現に、冒頭で「困っちゃうなぁ」とイノセントぶっていた彼女は、彼女に告白してきた例の男子に対して、私のこと好きになってもいいよ、というメッセージを絶えず送り続けていたのであって、その茶番は、後から「全然そういう風に見てなかったのに」と言える程度には巧妙に、でも浅はかで若い男子がつい告白なんてしちゃう程度には露骨に仕掛けられた罠なのである。

モテる女というのはモテようとしている女のことだと、男が好きになる女というのはその男の好きを許容する女のことだと、女なら誰でも知っている。

男子がそのことにいまいち鈍感なのは、女というのが必ずしも、モテようとしている男を好きになってくれないものだからだ。そのあたり、男と女の惚れメカニズムはちょっと違う。

阿呆な男子が女にフラれようが、それで軽めの女性不信に陥ろうが別に同情する気はないのだけど、惚れてフラれた自分の行動が意図された出来事だと知らずに落ち込む無知な男にも、浅ましいほど思わせぶりな態度をとっておいて、のうのうと「困っちゃうなぁ」なんて言う女にも、なんとなく腹が立った私たち、こと良識的な凡人女子は、頷き合ってアホウアホウと繰り返していた。

そしてそんなパンピーの論理を超えて崇高な彼女は、「え？　彼の気持ちになんかまったく気づいてなかったよー。私鈍感だから」と言い捨てて、さらなる高みへと続く階段に足をかけた。

自分がびた一文ほども好きじゃない相手に惚れられる、というのは凡人にとっては結構面倒かつ怖いことで、なおかつ惚れられたところで何かして差し上げられるわけではないので、実は結構みんな親切にも逃げ腰になってしまう。**群を抜いて売れているキャバクラ嬢にあるのは器量でも愛嬌でもなく、その尻込みのなさ、言わば圧倒的な罪悪感の欠如**で、相手の都合を一切考えずに極限まで自分に惚れさせることはそれだけで飯が食えるほど高度な技術なのだ。

ちなみに私が15年以上前に1年半ほど在籍していた関内のキャバクラの不動のナンバーワンは、1回の会計3万円で週に一度通ってくるのが精一杯の男に、借金させてシャンパンをねだることにも恐怖を覚えない、イカした黒髪のオネーチャンだった。

ナンバーワンでありながら、指名替えで客を逃すことより指名替えによって客を増やすことの方が圧倒的に多く、鞍替えしてきた客の報告は、こそっとマネージャーに相談するのではなく、月初のミーティングで大々的に発表する。そういう堂々としたところが敵を増やしつつ敵を降伏させる、強い女である。

さて、高校生ならいざ知らず、大人になると、そんな特殊技能を持つ彼女たちの勇姿に、凡人の女子だって別にキーッとなることはない。

思わせぶりな姿とイノセントな台詞にイラッとしたところで、そして罪悪感の欠如した振る舞いにゾッとしたところで、さらにそうやって彼女たちが手に入れるものの多さに溜飲を下げ続けたところで、**育ちのいい女は浅ましくなれないし、良識のある女は罪悪感も羞恥心も放棄できないのだから仕方ない。**

それぞれ黙って己の道を歩き出す。それが大人になるということです。

そもそも、モテる振る舞いや服装と、自分のしたい振る舞いや服装が違うという事態は往々にして、本心ではモテたいけどモテようとしている姿は見られたくない、という凡人の凡人だけに陳腐な葛藤とも言えるわけで、そんな凡な姿を乙と思うこともできるし、陳腐な葛藤から解き放たれたモテリンダが崇高だと思うこともできる。

と、いうのがわりと綺麗で模範的なモテリンダ女と凡人女の和解と融合の構図。

それも半分は本当。ただ実際のところは、大人になるとモテリンダ女と関わる機会がめっきり減るために、アホウアホウと飛び回る機会が単に減るのだ。

凡人の女の一部がせせこましく出世などして地味に給料とフラストレーションを溜めている間に、崇高なリンダはとっととせせこましく出世するいい男を捕まえていたり、口に出せないほど大きな名前の男から毎月のお手当と家を与えられていたり、珠《たま》のような子を産んでその子に自分が得てきたさまざまな特権以上のものをつかませようとせっせとお受験情報を収集していたりと忙しく、平場の男の相手などしなくなっている。

私たちは私たちで、せせこましい出世は結構な時間を要するし、まだまだ平場の男に振り回されているし、凡人なりに磨くべき腕や武器や美容は山積みだし、わざわざ人生の違うステージにいるかつてのクラスメイトの生活を監視してキーッと叫ぶようなことはしない。

なのだけど、**今度は自分らと同じようにせせこましく出世して小金を貯めた同級生の男が選んだ女性として、自分と違う世代のモテリンダと対面する機会がやってくる。**

そんな男が結婚披露宴で披露するのは、時には本当に綺麗で若くて透明感があってまっすぐな意思がある、要するに私にないものをすべて持っているAクラスの美女なのだけど、**結構な頻度でなかなかにBクラスのモテリンダを披露することもある**ので、そんな時に私たちは、まだ鳴き方は忘れていませんよと言わんばかりにアホウアホウとつい口ずさむ。

先日、私たちより随分年下の男の結婚式の二次会に出席する機会があった。

一度国家公務員になったものの、霞が関の不毛さにさっさと見切りをつけてロースクールに入学し、めでたく来年からは弁護士さま、という株価急騰5秒前、略してKK5のその男は私の腐れ縁の女友達の弟で、ちなみにその私の友人である姉の方はというと15年前に入った証券会社に義理堅く今もお仕え中、旦那と子供以外のたいていのものは獲得済みで、目下の悩みはペットの犬をもう1匹増やすか否か、というお人柄である。

当然、今も私とは仲がよい。弟は、私が大学院にいた時にキラキラの東大生として本郷の学び舎に通っていて、それなりにブラコンの私の友人を交えて私や私の同級生と何度もご飯など行ったことがあるため、なぜか結婚式の二次会までお呼ばれする羽目になったのであります。

　で、披露された花嫁さまのお姿はというと、もし私に目がなければそれはそれは美しいと形容したかもしれなくて……でも美しいというのは見かけだけでもないので、やっぱり目と耳と感受性がなければ美しいと形容したかもしれない、もしかしたらすごい性技や寝技を持ち合わせているかもしれない女性だった。

　別に親しい友人の弟だからといって嫁の顔や愛想の不具合なんて私にはどうでもいいし、埼玉の教員夫婦の長女ということなら少なくともこの弟くんが2年後に洗脳されて、怪しい宗教を布教しているような未来は待っていないだろうから、大変めでたい席にかかわりはないのだけど、二次会をさっさと抜け出して立ち寄ったファミレスで、ドリンクバーにお茶を取りに行く暇もなくまくし立てるブラコンな姉の愚痴に付き合っているうちに、**私の脳はいつもの悪い癖で諸々と男と女の妙について明後日の方向を向いた暴走を始めていた。**

姉曰く、本日晴れて義妹として披露された女子は、「初めてうちに来た時は、挨拶くらいはそこそこのレベルでできる子だったけど、いざ結婚式の招待状なんて出すくらいの時期になったら態度はでかいし、絶対に自分の要求は曲げないし、うちの両親にまで指図しだすし、かといってうちの家族行事はすでに無視に近いくらい軽視する」。

結婚なんて、別に正式に弁護士になって落ち着いてからでもいいし、むしろその方がゆっくり準備も心構えもできるんじゃないか、という家族の助言を一切無視して、卵のうちの入籍にこだわり、自分は数ヶ月以内に仕事を辞める段取りまでして、何より弟はもうすっかりその嫁の言いなりだった、ということらしい。

身内の贔屓目、というか私は別に身内じゃないからなんの贔屓目もなしに見ても、弟くんは携帯ショップの店員だったら普通の好青年、弁護士だったらかなりイケメンと呼ばれるくらいには見栄えのするタイプで、キャリア官僚経験者で東大卒で実家は23区内の長男で、何の見栄えもしない態度のでかい女にとっ捕まる必要はないような気もする。それでも言いなりになるくらいには、彼女に恋をしている状態とのこと。姉として、弟と膝を突き合わせて「正直、あの子のどこがいいの？」と聞いても、「すごい頑張ってる子で、苦労もしていて仕事も一所懸命だ」なんていう、**だったら姉の親友の私たちも頑張って苦労して仕事をしているけど？**と聞き返したくなる返事しか返ってこない。

男と女のモテの構造は違う。

男にも女にも天性の美貌やコミュニケーション能力によって子供の頃からモテを発揮する者はいるが、その割合なんてせいぜい1％だ。

その他の者は、何か別の武器を使って奔走するのが常なのだけど、学歴をつけて運動を練習して会社に入ってお金を稼ぐ、と社会人としての成長やステップアップをしてその武器を磨いていけるのは男に限られている。この世に、東大女よりも聖心女の方がグッとくる、という男が相当数存在する限り、女が社会的な成長や人としての尊敬でもってモテるなんていう事態は起こらない。

携帯ショップでは好青年でも弁護士となればイケメンになれる現実を知って社会人としてのスペック獲得のために切磋琢磨している男子たちは、自分が女に惚れるのもその女が人間として獲得してきた何かによってだと思いがちだ。ただ当然「彼は私に夢中できちんとした就職前に急いで結婚したがった」という論理を振りかざす花嫁の発揮したモテは、どちらかというと獲得より放棄によるものだ。

困っちゃうなぁと言いながら、一切の罪悪感を持たないこと、空気を読むとか分をわきまえるとか、そういう無駄なものはさっさと放棄すること。

そうやってモテを実質的な成果に結びつけていくのはまさに女の技量だと思う。

ジョナサンで姉の愚痴を聞く私たちにしても、そのことはなんとなく高校時代から身に沁みてわかってはいるし、今更、なんで女は学歴や年収がモテに繋がらないの、と文句を垂れるつもりもないし、無駄に稼いだお金はせいぜい旅行先の海外の薬局で乳首をピンクにするクリームやらおっぱいの張りを取り戻すパックやらを買う資金にする。そこに異存はない。どうせなら給料を妻の生理用品代や子供の学費に使う男たちにできないくらいに、自分で稼いだお金は最後の一滴まで余すことなく自分のために無駄遣いしようという所存。それでも、私たちはやっぱり弟の嫁のような振る舞いをするのは怖いのだ。

罪悪感や羞恥心がそんなに簡単に放棄できないから？
それもある。

でも多分、一番怖いのは同性の評価をなくしてしまうことだ。

そう、モテリンダの最も強力で真似できない力は、同性から好かれることを諦めることにある。

義姉の友達になど嫌われて結構、自分の学友に浅ましいと笑われたって構わないし、義理の姉に愛想を振りまいてとり入る必要すらない。義理の両親にだって歓迎はされなくていい、許可をされる程度の愛想でいい。

それができない臆病な凡人のおっぱいの張りなど、その力の前ではほとんどフナムシほどに無力なのであって、ジョナサンの冷たい座席に座ってアホウアホウと飛ぶことも忘れて私たちは完敗の白旗をあげていた。

身体にいいのか悪いのかわからない怪しいクリームで張ったおっぱいから、弟くんに一言祝辞を述べるとして、**愛情っていう形のないものを伝えるのはいつも困難だから、愛想を放棄した嫁に代わって、両親が生きているうちはそれなりの親孝行くらいはしてあげてね、それだけが愛のしるし、**と往年の人気バンドのフレーズをちぐはぐに合わせた力ない言葉しか浮かばないのでありました。

アホ モテ リンダ
なんか全然そういうふうに見てなかったのに急に告白されちゃって〜
困っちゃう!
ううっ…
なぜ…?
アホゥ
アホゥ
アホゥ
凡女

PLAY / P70-79

家庭と仕事の男女逆転はありうるか
～もうヒモ以外愛せない

男女平等とは言わないが、男女同権が建前となっている昨今、別に夫が稼いで妻が家を守る必要はないわけだし、むしろそんなの前時代的だし、それぞれんな概念に縛られないでそれぞれのカップルがそれぞれのベストを探せばいいよね、そう、**妻が稼いで夫が子育てをしたって、誰に文句を言われる筋合いはない、心配ナイサー！**

というのは大変お行儀のよい、現代的な標語で、それ自体何も間違っていないし、私も心からそう思う。人の話なら。

もっといえば、別に自分が稼ぐというアイデア自体にはそんなに異存がない。さらにいえば、**DV一歩手前に亭主関白な稼ぎのいい男よりは、稼ぎが悪くても家事や育児に協力的で女に人権を認める男の方がいいと思う。概念上は。**

というか、フリーランスの私にそれほど稼ぐ力があるかどうかは別として、少なくとも仕事をしたい女が家庭の稼ぐ部分を担い、男がそのぶん家庭のもっと内部の色々を担うという考え自体、悪くないとは思うのだ。

むしろ、ここまで花嫁としてトウがたってしまうと、そういったところまでマインドを広げないと良縁など舞い込んでこないだろうという絶望的観測もあるし、今のご時世、そのような形を選んでも、誰かに文句を言われることもないだろう。

そう。その形は愛せる。

しかしその形を実行に移すにあたって、形を愛せるかどうかという問題の他に、稼いでこない男を愛せるか、という大きな問題が横たわることになる。

蜘蛛が害虫を退治してくれることは心から歓迎できても、蜘蛛の色や形を愛せるか、というとそれはまた別問題。

それと同じで、**女が稼ぐモデルや概念は許容できても、ヒモ体質の男を愛せるか、稼ぐ力のない男に魅力を感じ続けられるか、というとまた別である。**

昨年、つまり**2018年は私の周囲の、長らく稼ぎのおぼつかない男と付き合っていた女が相次ぎ別れを決意した年だった。**

私の年齢になると、独身で特に休む理由なく働き続けてきた女は結構高収入になっていたり、貯金額がなかなかだったりして、彼氏より経済的余裕がある、というレベルであれば何も珍しくないし、本人だって気にしてはいない。

そしてそんな彼氏たちの中でも、とっても優しくて家で役立って面倒臭い劣等感はなく自然に男女の役割を超えてくる人というのは、彼女との年収の格差が倍近くからそれ以上ある男。

ちょっとの年収差では男は別に変わらず役に立たないし、わりと偉そうだし、家事だって「手伝っている」というスタンスだからだ。

で、最近別れたカップルの男の方はというと、優しくて超低収入の、昔で言えばやんわりヒモ体質な人たちなんである。

別に破局したのはそれだけが理由じゃないだろうし、男と女、話を聞いたところで他人にはわからないことも多いだろうが、私が聞く限りにはやはり収入の上がらない男への不安、向上心のない彼への苛立ち、女の金で暮らしてなんとも思わない高度に現代的すぎる感覚への違和感、などなど、要するにその男ほどはこちとら高度に発展してませんよ、という類の愚痴が多かった。

自分に安定した結構高い収入があれば、男の収入にそれほどこだわらずに恋愛する自由は普通よりある。それ自体は幸運なことだと思う。ただ勿論、そうやって自由な視点で選んだ後であっても、付き合い出した時の情熱が少し冷めれば、世の多くのカップル同様、現実的な不具合が気になり出す。

稼ぎがない、という事実は受け入れ済みでも、そして彼女の仕事にサポーティブで家事に積極的で往々にしてDIYなんかも得意な器用貧乏な彼のそういったところは変わらずとても愛しく思えても、だからって月収14万円で大丈夫なのかこの男……とちょっと疑問がもたげ出す。

スローライフな彼がそれでいいと思っていても、都会人の彼女たちは普通に生きていればそれなりにお金がかかるし、一緒に東京に暮らして一緒に旅行

などするとなると、彼だってさすがに14万円で悠々自適とはいかずに大きなところで彼女に世話になる。

日頃の家事の頑張りとか考えれば、主婦が旦那の稼ぎで旅行に行くのがまったく問題ないのと一緒で、それだって問題ない……はず。

しかし一応曲がりなりにも資本主義自由経済の国にいて、稼ぐということにおいて圧倒的にビハインドな彼、そしてそれを気にしていない彼はちょっとなんというか、男としての魅力が欠けても見える。

女の方が稼ぎが上でも不思議はない。ただ、年収1千万円と600万円とかじゃなくて1千万円と200万円の格差でニコニコしていることいつは大丈夫なのか。

もちろん、そういった形でバランスをとってうまくいっているカップルはいる。それを見て、ああ幸せそうだな、自由だな、形にとらわれていなくて素敵だな、とは素直に思う。

と、いうことは、私たちは女性も仕事を持っていると素敵、と言いながら家では家父長制の権化みたいに威張って専業主婦の若妻をバックでついてる男と同じように、頭だけ勉強した原始人体質なのか？

口だけ番長、中身は古臭いおっさんと同じなのか？

そんなに俺が悪いのか？

ララバイララバイ自分の進化を待つしかないのか？


それなりに収入が上がった女が、自分に変な劣等感のない男を選ぶとしたら、自分よりさらに成功の先にいる超高収入男を選ぶか、比べるのもアホらしいほど関心が違うベクトルに向いている男a・k・a超低収入男を選ぶか、になりがちなのはよく言われる話。

超高収入男のことは若くてお尻と胸の張った女たちだって本気で狙ってくるので、オバチャマたちが選ばれる可能性は低め。これは仕方ない。


となると、若くてまだ収入の少ない女と付き合えばどうしたってお互い苦労が多そうな超低収入男の方を選べば需要と供給は合うし、オバチャマたちの力がそこそこ発揮できるし、ありがたがってさえもらえるし、色々解決するので、ヒモ男を愛することこそベストカップルへの道が近いっていうか。

彼の方に具体的なメリットがあるくらいの関係じゃないと垂れっパイに乾燥肌

の30代は分が悪いっていうか。
平たく言うと若干金目当ての男も相手にしないとちょっと勝ちが見えてこないっていうか。

しかし目の前のヒモ体質なスローライフ男をセクシャルな意味でまっすぐなかなか愛せない。いい人なんだけど、優しいんだけど、家具まで作ってくれるんだけど。

嗚呼、私たちってなんてわがままで前近代的なつまらない女……。
そういったなんとなしの罪悪感に、最近、名言をくれた友人がいる。

彼女は2年前、物書きを目指す博士課程4年目の彼と別れ、派手さはないが堅実な大手メーカーの男と結婚し、子供を産み、育児休業は短めに、自分も時短で職場に戻ったところだ。
彼女のオフィスがある汐留のコスパの悪いご飯屋で、メーカーに比べて自分の会社は福利厚生が悪いなんていう彼女の愚痴を聞きつつランチをしていた際、私は何気なしに、そう言えば最近私の先輩女性が長年付き合ったあの優しい彼と別れたんだよねなんていう話をして、そのままヒモ体質を愛せない私たちの面倒臭さについて触れたところで、彼女は言い放った。

「いや、わかるよ。だってそういう男って、掃除も組み立て家具の設置も壁塗るのもやってくれるけどさ、子供産んでくれないじゃん」

当たり前のひとことに、そりゃそうだと軽く頷きながら、私の目からは小さめの鱗がパッと飛び散りまくっていた。

弱めのオチに思えるけれど、高度に男女同権時代にアップデートされた男だって、肉体的にはほぼ原始人なのであって、主夫というならそれなりに、子宮でも蓄えてくれないと、どうしたって最後の非対称性でつまづいてしまう。**かつて良妻賢母と言われた女がお産してお乳をあげていた時代に男が稼いでいたのだとしたら、スローライフな進化系男子は私たちがお産してお乳をあげている間に何をするんでしょう。**片付けとか言われてもなぁ。

だいたい、妊娠なんていうのは30代の子なしピープル、こと私なんかが、一番気にしているところで、できるかしらできないかしらと不安なところでもあって、その、一番不安げな箇所を補ってくれない、要するにお料理機能やお片付け機能がよく備わっているけどお産機能が追加されていない今のところの最新バージョンのアップデート男なんて、いくらチャーハンをパラパラに作れても、いくらボタン付けができても、いくらマツイ棒を購入済みでも、ちょっと役立たずな感じがしてしまう。

結果やっぱり今のところ、私ども女は仕事もそこそこに婦人科にでも通い、男は家事もそこそこにその超低収入こそアップデートした方が、不毛な別れを繰り返すことが少ない気もするのです。

残業お疲れ様！
でも
がんばり
すぎないでね！
夕飯は景子ちゃんの
好きなアクアパッツァ
作ってあるよ～
年収
200万
あっ先に
お風呂入る？
クリーニングから
戻ってきた服
クローゼットにかけて
おいたからね！
でもおまえ子供
産んでくれないじゃん
ヒモ男に
足りないのは子宮!!

PLAY / P80-91

男は「別名で保存」、女は「上書き保存」問題
～彼氏は過去を愛しすぎてる

高校1年生の秋に、109の2階の屋外にある喫煙場所で日出女子（当時）に通う友人と話していたら、その友人の顔見知りらしい女の子が久しぶりーとか言いながら寄ってきて、初対面の私に、「ねえ、それってメイガクの制服だよね？」と話しかけてきた。

適当にそうだよーとかなんとか私が答えると、「ねぇねぇりゅうくんってわかる？ ●山りゅうくん！」と食い気味に聞かれ、隣のクラスのよく知った名前にウンウンわかる的な反応をしたところ、すかさず彼女は、自分は去年までりゅうくんと同じ中学に通っていたこと、仲がよかったこと、りゅう

くんのお母さんのこともよく知っていること、家はそんなに近くないけど自分の家にも彼が来たことがあること、中学では2年の時だけ同じクラスだったことなど、私には特に必要のない大量な情報を無理やり押しつけてきた挙句、「携帯変えて連絡したらなんか連絡がつかなくなってたから、よかったらりゅうくんの番号教えてくれない？」と頼んできた。

スマホネイティブの若者は知らないだろうし、知っておくべき歴史というほどのことでもないので知らなくていいのだけど、ようやくPHSと携帯電話が混在しつつも高校生にまで普及し始めた若者ケータイ文化の黎明期だった当時は、携帯電話の番号やメアドといったものは結構しょっちゅう変わるものであり、ちょっと前まで連絡を取り合っていた友人の番号やメアドがわからなくなる、ということもよくあった。

まず、キャリアを変えれば番号もアドレスも変わるし、アドレス帳の移行ができないので友人の番号やら長ったらしいメアドやらを手打ちで逐一入れ直さなきゃいけないし、SNSなんてないから、自分の新しい連絡先を友人たちにメールをして知らせなきゃいけない。当然、「こいつには別に急いで教えなくてもいいや」と認識した相手にはメールを送らないし、「この番号はもういらない」と認識した人はアドレス帳を手打ちする時点で消しちゃうし、番号変更の連絡を受け取った方は受け取った方で登録しないで放置したりするし、そもそも違うキャリア同士で送れるEメール機能がついたのも途中からであって、それまではPHSからドコモの携帯にメールを送る場合はセンターに電話してベル打ちの要領で送らなくてはいけないから、「まぁいいや今度会った時にでも新しい番号教えよう」となっていたし、赤外線で番号やメアドを交換できるようになったのだって大人になってからだし。

というわけで、私はリカちゃんとかいう名前のそのりゅうくんの元同級生の申し出に深い意味があるとは思わなかったのだけど、あいにく私自身はそもそもりゅうくんの番号なんて知らなかったし、わざわざそこで知っていそうな友人に電話して彼の番号を聞いてあげるほど親切でもなかったので、その代わりにリカちゃんと私が番号交換をして、りゅうくんに学校で会ったらその番号を教えて彼から連絡してもらえばいいのでは、と提案。

リカちゃんも、「じゃあ、そうするー！　今度アソボー」と同意し、女子高生らしいワケのわからない経緯で友達になった。

りゅうくんは当時、私がほぼ毎日学校から品川まで一緒に歩いて帰っていた友人のカオリと付き合っていたので、私は翌日学校でカオリを見つけ出し、昨日りゅうくんの中学時代の友達とたまたま会って、番号を聞かれたんだよね、という話をしていたら、ちょうどそこにりゅうくんが登場して、「え、誰々？」というような話になり、リカちゃん、と私が教えると、それまで男の友達を想像していたカオリの顔が曇り、りゅうくんも微妙な顔つきになって、「え、誰なの、それ？　可愛かった？」とかなんとか関係のない私にまで攻撃的な口調でカオリが詰め寄ってきたので、私は「いやー別に顔は普通だったような……頼まれたから言っただけー。ちょっと用事あるからまた後でねー」と言って退散した。

当然その後も、りゅう×カオリのカップルは授業をサボってまでトゲトゲした問答を続け、最終的にはりゅうくんが**「リカはモトカノ」**と認めたことによって理不尽で攻撃的な女子高生であるカオリは激昂し、次の休み時間に再び私のところへやってきて、絶対にりゅうにその番号とか教えないで、と念を押しつつ、「で、どんな女なの？　てゅーかなんで今さら番号知りたいの？」とさらに詰め寄ってきて、最終的には今度リカと会う時があれば私もついていく、とよくわからないことを言いだし、写真が見たいからその日出女子の友達にプリクラとかももらってきて、とも言い、とりあえずその日は退散してくれた。

で、その日の放課後、私が違うクラスの友人の机で化粧をしつつ、その友人の部活が終わるのを待っていたら、今度はりゅうくんが「カオリに止められてるかもしれないけど、大事な用事とかもあるかもしれないから、とりあえずリカの番号教えて」と迫ってきて、いやーでもカオリが、と苦しい立場の私がモジモジしていると、じゃあとりあえず今リカちゃんに電話してくれ、ということになって、私は渋々昨日知り合ったばかりの色白でいかにも男にモテそうなリカちゃんに電話をかけ、りゅうくんは半ば強引にその電話を奪ってリカちゃんに優しい声で、久々、とか言って自分の番号を伝えていた。

結果的に私は、りゅうくんとリカちゃんが連絡を取る、というカ

オリが最も恐れていた事態を引き出してしまったのだけど、この話は約20年経った今でも未だカオリに言っていない。
ごめん。

何が言いたいのかというと、この多くの人には糞どうでもいい私の思い出の一コマエピソードには、
インスタやらラインやらがなかった時代は、イマカノの「女の番号消して」の一言で結構モトカノとの縁が切れてしまうものであったこと、
しかしそんな時代でも男はできればモトカノの番号くらいは持っておきたいし、連絡を取りたがっているモトカノのことは無視できない生き物であったこと、
そしてSNS登場前からイマカノはなぜかモトカノの顔を見たがる傾向があったということ、
モトカノ問題はいつの時代もカップルの喧嘩の原因になること、
……といった要素が詰まっている。

ということはおそらく、マイクロソフトが創立される前、ワードファイルの別名で保存とか上書き保存とかいろ機能が登場する前から、**男は「別名で保存」、女は「上書き保存」、という今ではお馴染みのよくできた男女の法則はあった**と考えられるし、しかしSNSどころか携帯がない時代だったら誰にもバレずにモトカノと連絡を取る、なんていうことはほぼ不可能だったんじゃないかとも考えられる。

そういえばカンチもリカと連絡を取ろうとしてサトミに泣かれていたし。

さて、イマカノがモトカノの顔を見たがる問題については女の私はよくわかる。

別に自分の男の昔の女なんて美人でも嫌いだしブスでも嫌いだし、ちょうどいいブスでもブスカワでも和風美人でも可愛い系でもなんでも嫌いなのだけど、ブスか美人かで嫌いな理由が変わってくるし、脅威に思う箇所も変わってくる。

モトカノが美人な場合は、彼氏が自分よりモトカノの方が可愛いと思っていそうで嫌だとか、**彼氏と別れたところで他の男に不自由しないから結果的に自分の今の彼氏をなんとも思っていなそうでちょっと嫌だ**とか、彼の友達に「今回の彼

女は前回に比べるとたいしたことないな」と思われそうで嫌だとか、とりあえず単に悔しい系の不快感が9割を占めるのだけど、ブスの場合は、**こんなブスと付き合える男に選ばれても嬉しくないとかこんなブスがうちの彼氏にキスとかしてもらっていたなんて許せない**とか、そういうプライドの問題も一部ありつつ、ブスだから一人の男への執着が強そうでイマカノである自分のことも調べていそうだとか、下手したら戻ってきそうだとか、彼の方は彼の方でブスなモトカノについてはやっぱり俺がいないとダメなんじゃないか的な責任を感じていそうだとか、**イマカノとしては実害のある脅威**に思えてくる。

だからとにかく顔とスタイル、できればその他のスペック（学歴とか仕事とか着ている服とか家柄とか）も知りたいと思うのであって、知ったうえでできれば自分の不安や不快感を和らげるべく悪口も言いたいのであって、そういう意味ではフェイスブックとかインスタとか格好のツールがある今の時代の子は羨ましいなと思うし、そんなツールがあるなら多少品がないと思われても見たい欲求が勝ってしまって何がなんでもアカウントを特定するのだろうな、と思う。

そんなくだらないことに精を出すいじらしい女子たちを見て、いじらしいな、と思うくらいならいいけど、なんで見て騒ぐならわざわざ見るの、バカじゃないの、だいたい悪趣味なんだよ、なんて批判する権利は多分男にはない。

そもそも女がそんなくだらないことをするのは、男がモトカノをまなざす際にかけるメガネのピントがトチ狂っているからなのだ。

だから、モトカノの愛が完全に冷めていることにも、もう自分のことは便利な男としてしか見ていないことにも、実はモトカノは自分が思っていたより意地汚くてずるくて邪悪だったことにも、10代の時にピュアで可愛かったモトカノも今となっては計算高くてスレまくったおばさんになっていることにも、前妻が自分をキャッシュディスペンサーと呼んでいることにも、ただ単にモトカレにちょっかいを出して自分の価値を再認識したがっているだけってことにも気づかず、モトカノから「マジでピンチなの助けて」と言われるとイマカノが嫌がっていても飛んでいき、前妻の理不尽な要求に応え、泣いているモトカノの肩を抱いて、モトカノが変な男に引っかかっていないか心配し、イマカノをやきもきさせる。

別名で保存、なんていうのは大変好意的な言い方であって、実際は人の変化に鈍感で、手をつけた女をなんとなくまだ所有している気になっているだけの、間違った正義感を振りかざした、自分への好意が完全に消えたと思いたくない、そしてできれば今後も嫌われたくない臆病で単眼的な性質が、結果的にいくつものファイルをデスクトップに散らかしている状態とも言える。

イマカノたちはそういった男のトチ狂ったメガネと間違った正義感をよく知っている。なぜか。

女はイマカノであると同時に誰かのモトカノでもあり、モトカノとしての自分がいかにモトカレに冷酷かを知っているし、愛なんて綺麗さっぱり冷めていることを知っているし、すっごく寂しい時やとりあえず男手が欲しい時にモトカレがいかに便利に動いてくれるかも知っているからだ。

男は平気で女を怒らせるわりには、自分に好意を持っている女に嫌われる勇気がないヤツが多い。モトカノや前妻に冷たくする罪悪感に耐えられないのは、優

しいからではなく、単に嫌われたくないからだ。

そういう男の、**できれば全部の女にいい男と思われたいし嫌われたくないしモトカレとなってもなお彼女の特別な立場を失いたくない、**というビンボー臭い精神を、別名保存と呼ぶなら呼ぶでいいけれど、とにかく一つ言いたいのは、**君たちが嫌われないように努力すべきなのはイマカノに対してであって、過去にちゃんと冷たくして過去にちゃんと嫌われる、という行動**ができないと、自分の中でファイルが増えているつもりでも、女の中では自分の名前のファイルは綺麗に上書き、もしくは意思を持って削除されていくだけですよ、ということです。

彼氏の元カノが
美人なのは
絶対イヤッ!!
自分より
かわいい
彼氏の
友達に
比べられる
ムカつく
ウザい
彼氏の元カノが
ブスなのも
絶対イヤッ!!
彼氏の
美的感覚を
うたがう
こんな
ブスと
姉妹に
なるなんて
イヤ
ムカつく
ウザい

女がそんなことでキレイになれると思うなよ

美容道中膝栗毛

「涼美さ、もうパウダーはたくのやめたら?」

先日、同年代だけど最初からオシャレ系で今もオシャレ系で流行に詳しい、しかもファッション界隈で仕事をする友人に言われて、まったく意味がわからなかった。

「それさ、うちらの世代のメイクセオリーなんだよね、下地、リキッドファンデ、パウダーでベース作るの。でもさ、時代はツヤ肌だし、そもそもうちらくらいの年齢になったらパウダーなんてはたいたら余計乾燥して鼻とおでこが光るんだよ。色付きベースとか薄づきのリキッドだけ塗って、隠したいところはコンシーラー、艶を足したいところはハイライト、それだけの方がいいよ」

え?何それ。だいたい、下地、リキッド、パウダーって流行とかそういった類のものなの?普遍的な肌の作り方じゃないの?それが終了したってどっかの官庁から発表されてた?と焦る私が、「でもペトペトしたもの塗って粉のせなかったらベタベタして服とかにもつくしファーとか糸とかが顔に張り付いちゃうじゃん」と言うと、彼女は「私の肌、そんなにベタベタしてる?涼美の方がテカってるくらいでしょ?多少自分ではペトつきがあるかなくらいの仕上がりにしといた方がテカらないよ、乾燥するからテカテカするんだよ。パウダーが水分を吸収してるから、パウダーはたいてる涼美のがテカテカしてんの。ちょっとやだー、時代と年齢でちゃんと更新して」と諭した。

ぐうの音も出ないとはまさにこれ、って感じで私は深夜のジョナサンでシャネルのコンパクトを開いて鏡を見つめた。そしたら続けざまに「そのパウダー、もう売ってないでしょ?」と問い詰められる。

え、そうなの? 去年の初めくらいに販売終了したの? 知らないよ、化粧直しはずっとこれ使ってるからいつも5個とか買いだめしてんだから。免税だったら10個とか買うし。

「あのね、化粧品は絶対に1年分以上は買いだめしないの! どこの離島に住んでんだよ、今時離島だって通販は3日で届くよ。都民だろ? パウダーくらい切れかけてから次のを買え。そうやって美容部員と話す機会も化粧品のカウンターに行く回数も減らすから化石みたいなメイクになってるんだよ。まつ毛もアイラインも濃すぎ! あと爪長すぎ! 髪の巻き方が10年前と一緒! そもそもスカルプネイルなんて今どこのサロンでやってくれんの? そのサロン、一人でもうちらと同年代の魅力的な人来てる? 来てなかったら普通おかしいと思うだろうがよ。年末にあんたの家で鍋した時にあんたのドレッサーにケープが置いてあるの見て怪しいとは思ったけどね。巻いた髪ケープで固めてんの? どうせキャバクラ時代から同じの使ってんでしょ。バカが。ヘアオイルとバームとワックス、品番教えてあげるから今すぐアマゾンで買え」

言われるがままにスマホでアマゾンを開いてナプラN.とかいう聞いたことないメーカーの聞いたことない商品を色々買った。でもバームって何? どうやって使うの……。

聞けばオイルを数滴手にとり、バームをスパチュラでとって柔らかくなるまで手のひらで混ぜて……後は忘れた。ついでに色付きベースで一番いいと言われたラロッシュポゼの日焼け止めベースも買った。化石な私は家にまだ3箱もある10年くらい使ってるそのパウダーをこそこそとカバンにしまったが、どうにも納得がいかない。いや、反論は何もないんだけど、いつの間に私は顔面に肩パッドを入れてるような流行遅れの化石になったのか。

ファンデに流行があるなんて知らないよ……だって全部肌色じゃん。女子高生時代のM・A・Cの黒人用ファンデは別として、ずっと肌の色なんて変わってないし。いや正確に言うと日サロでお金出してまで肌を焼いてた私は未だに紫外線に対してどうしても冷たい態度をとる気分になれず、紫外線フレンドリーな夏や旅行の後には若干肌色が濃くはなるのだけど。髪だって固めるならケープって常識だったじゃん。みんないつの間に使わなくなったの？

キャバクラのセットサロンにはもちろん未だに大量にあるよ。

服にしろ美容周りのことにしろ、これでも結構年齢によって変わっているつもりではいた。髪が痩せてきて耐えられないからさすがにもうブリーチしてエクステ、なんてしないし、日焼けも控えめ、ボトックスとかプラセンタ、Vリフトとかに大金使っているし、もうだいぶ前に太眉にした。美容鍼も行くし、ミニスカブーツもほとんどはかない。でも、友人はこのようにも言う。

「涼美さー、30代の自分って20代の自分と地続きにはないんだよ。中身は地続きでも、外見は。劣化したとこだけ変える地味なマイナーチェンジ繰り返すだけだと、本当に化石だよ」

そう言われて、思い当たる節はある。

「なんちゅう格好してんだよぉ」という言葉は女子高生の頃から私が散々言われてきた言葉で、なんなら男に最も言われたことの一つかもしれないレベルですらあって、少なくともかわいいとか好きとか愛してるとは比べものにならない数のそれを浴びてきた。

　で、それを言われ続けまくりすぎて、それを言われるプロ的な感じになっていき、その「なんちゅう格好してんだよぉ」とか「目のやり場に困るわ」の奥に響くトーンが、ある時から変わったことにも敏感に気づいてしまった。プロですから。

　言葉を文字面だけでとれば「なんちゅう格好」は批判なわけだけど、当然若い女の子にむけられるそれはそう単純じゃなくて、普通に老婆心的な批判も入ってるし、でも谷間とか腿の隙間とかが見えてて満更でもないっていう喜びも入ってるし、でも谷間とかで鼻の下のばしてたら恥ずかしいしバカっぽいから照れ隠しも入ってるし、でもやっぱり無料でそんなもん見せてくれた目の前の乳への感謝も入ってるし、でも若い女の子がそんな格好するのは下品で危険で無自覚だから小言も言っといた方がいいかな的な世間体も入ってるし、単純な驚きとか蔑視も入っている。

　時と場合と人によってもちろんそれぞれの分量と強さは変わるのだけど、言葉に隠れたそういう男心の諸々を敏感に嗅ぎ分けて、小馬鹿にしたりいい気分になったりするのが、女が若さを生きる際のちょっとした可笑しみでもあるわけです。

　そんで人生ってチョロい、ってゆーか男ってチョロいとか思っていい気になって生きていたところ、ある日から言葉の裏の色々混ざってる感じに異変が起き、なんか変だな最近の男って変なのかなセクハラ断罪されすぎて去勢されたのかなもしかしてこれが噂の草食男子？とか思っていたら、あっという間に異変どころか色々混ざった響きがほとんど聞こえなくなり、言葉は文字どおりの言葉として、批判は文字どおりの批判としての意味しか持たなくなり、当然それは男子の草食化のせいじゃなくて私の老化のせいだった。

「なんちゅう格好してんだよぉ」の「ぉ」がなくなり、「なんていう格好をしているのですか（≒そんな格好はするべきではない）」でしかなくなり、そうして私は服装迷子になった。

若い時から自分のスタイルの確立がなされているおしゃれなピーポーやブレないモード系の人と違って、若さに頼った服を着ていた者として、頼るべき若さがなくなった後の服選びは大変困難。というかもはや着たいものが何もないし、着たら世界に喜ばれる的なやつも何もないし、だからといって毎日ポロシャツに紺色のジャージを着ていた私の小学校低学年の時のおばちゃん担任ほど何かに振り切れてもいない。

一応、服を買いに行くとかいう行為は好きだし、これまでもそれなりにお金をかけてきたし、今もそれなりにお金をかけることには別に抵抗はないんだけど、かけどころがよくわからない。クラブに行くとか合コンに行くとか結婚式に行くとか、そういう特定のレンジの服を買い求める社交の場すら毎年減ってて、あるのはただただ続くのっぺりとした日常。そしてそののっぺりとした日常を生きるための服がわからない。

そもそも、これ、元ギャルの世代にはわかりやすい話なんだけど、ギャル的な露出服というのは、谷間とか内腿とかが見えるので、男に媚びているようで実は別に男に好かれることがないのはあまりに有名。それこそ「目のやり場に困るよ」的な歓迎はされるけど、オンリーワンにはあまり選ばれない。

選ばれるのはもちろん淡い色合いの女子アナ服もしくはかつての金麦CMの憧れい服なわけで、目的意識のはっきりした女子は最初からそういった基準で服選びをしていて今でもブレていないし、元ギャルでも途中で目的がしっかり見えた人間はそういった路線に転向した。目的達成後に一気に服に気合が入らなくなる「一本釣りタイプ」と、結婚や合コン勝利ではなくもっと普遍的な好感度を見据えて「いつまでも小綺麗タイプ」の違いはあるが、それほど迷いはなさそうに見える。

さて、別に結婚したくないとか思ってるわけでも好感度を下げたいわけでもないが、それほど自分の生きる目的がはっきりしないまま年を重ねた私の場合、自分らの価値や若さの勢いや時代の風なんかをギャル服やキャバドレスで体現しているうちはまだ服選びの基準のようなものがおぼろげにもあったものの、今となってはそのおぼろ月さえ見えなくなった。そもそもモード系ピーポーのようなこだわりがないからあんな変なドレスやあんな変なパレオが着られたわけで、体現すべきものがなくなった今、何を着るかがまったく定まらない。具体的な意味でどのブランドのどのワンピを着るかも定まってないし、抽象的な意味で服を着るとは今の自分にとってどういう意味なのかも定まっていない。こだわりがないから、「オンリーワンに選ばれる女が着てくれない服を着て男にサービスしておいて後で小馬鹿にする」というような芸当があったわけだけど、サービスというのは需要がないと成立しないので、「なんちゅう服着てるんだよ」の複雑な響きが消えた時にその機会もなくなった。まだまだ下半身は元気、というタイプのおじいちゃんくらいには多少の需要があるかもしれないけれど、そのお金持ちなおじいちゃんと飲みにいってタクシー代を穏便にぼったくるような機会ももはや特にない。

そういえば20代の頃のイタめな私の座右の銘は「私のピンヒールは男の自尊心を踏みにじるためにあるの♡」だったし、「長い爪でできないことは人にしてもらえばいいし、ピンヒールで歩けない距離は誰かに車で連れてってもらう」だったような気がするけど、長年ピンヒールに長い爪で生きているとそうもいかない場面を乗り越えすぎて、もはやわりとどこまでも歩けるし何でもできる、という境地になってしまって、しかもかつてのようなそんな世の中に中指立てつつ自信満々に楽しむ、っていうほどの生意気な勢いがないので、爪もヒールも惰性でしかなくなってるのが現状なわけです。

そうかあの頃はそういう自分の生き様や態度を表現するものの一部として服ってあったんだな、と改めて思う。

付け加えると90年代後半からゼロ年代前半なんていうのはことファッションに関しては最も綺麗に雑誌と雑誌の棲み分けラインが引かれていた時期なので、ファッション誌デビューがその頃の私は、何の雑誌を買えばいいかというのは自分が○○系であるという事実で決まると思ってしまう。しかしギャル系と個性派と優等生系の棲み分けが無効化した今、自分が何系かなんて知らないし、つまり雑誌の買い方すらわからなくなった。

好感度をあげるとか結婚するとか、あるいは自分なりのスタイルを確立するとか、そういう息の長い思想や意思とともに服を選んでこなかった、ただただ若い女の態度とばくっとした異性の視線によってファッションを決めてきたツケが、こんなに重く肩にのしかかる日がくるとはな。

で、もちろん身体や顔の劣化も伴って、2年前に買った服が今年の夏にはなぜかまったく似合わない、みたいなことが毎年起こるので、もしかしてもう私、二の腕とか出さない方がいい年齢なんじゃないか的なことを5年遅れで気づいて焦って夏服を買い直したり、急いで着てきた服をトイレの鏡で見たらとんでもなく若作りっぽくて百貨店で全身着替えたり、また無駄に服は増えていく。2年くらい前におじさんの悲哀と滑稽さを綴った本を書いてから、時々おじさんをテーマにした取材や原稿の依頼がきて、時にそれはおじさんへのファッション指南的なものだったりもするのだけど、若者に迎合したり媚びたりするな、とか、年相応の強みを示せ、とか、身体の劣化を自覚せよ、とか語っていたところ、今や自分の口から出たそれらの言葉がそのまま自分の脳天を突き刺して、血まみれになっている気分だ。

恋愛も仕事も、才能や中身や趣味で勝負!という女を服にたとえるとモード服、男のお金で幸福を掴みたい!という女を服にたとえるとパステルニットだとすると、自分の周りでオリーブ出身モード育ちみたいな人が今でも若い頃と似たようなスタンスで恋愛市場にいられるのも、自分の周りでノンノ出身JJ育ちみたいな人がすでに完全なる次のステージに進んでいるのも、わりと納得がいく。

それに対して私を含めた、「これが私の生きる道というほど強い思想もない」「チヤホヤされたいけどそれを実益に繋げていく気概はない」と言ってイマイチどちらの側にも馴染めずにいた女が、若い女としてのアイデンティティを失った後というのは大変生きにくい。特に、若さというのが男に対する代えがたいアピールになる我が国では、若さを放棄してしまうと、別の武器をとって再び戦場に行く気が思いっきり失せるのですよ。先ほど人のこと言えないと言ってしまったけど、やっぱりお金や権力を持って若者と十分に剣を交わらせることができるおじさんに比べてだいぶ条件が悪い。

「え、30代魅力的だよ」とか「俺、そんなに若い子には興味がないんだよね」とか言って寄ってくる男はいる。わりといる。3種類いる。

バカで可愛い若い女のケツを追いかけるバカなオヤジと一線を画したい男、みんなにチヤホヤされる若い子争奪戦から降りて渋いとこいったら不倫とかできるんじゃないかと企む男、中身や才能で勝負する女が好きな男。このうち3番目は当然中身や才能で勝負して生きてきた女にいくわけで、若い時に若さで勝負してきただけの女にくるのは、俺ってバカな男とは違うからという、女ではなく女を通して自分を見てるタイプのおじさんか、お手頃不倫希望のおじさん。

そういう、残酷なおじさんのテーゼにも、日に日に艶のなくなる肌にも、のっぺりした日常にも絶望した洋服迷子は、とりあえずこれならと思って買う黒い服と白いシャツだけが増えて、今日も喪服みたいなクロゼットに向かって「着たい服ねーな」とうそぶく。

会社員の頃ならスーツに逃げられたけど、出かける先がもっぱら飲み屋や打ち合わせの私に逃げ場もない。まぁサイバーエージェント（美人とオシャレが多い会社）に勤める友人は、「毎日服選ばなきゃいけない私のが絶対大変！」と言うけれど。

そんな絶望のクロゼットを所有して、ケープで巻き髪を固め、往生際悪くスカルプでネイルは3センチ近く伸ばし、でもピンヒールはもう疲れるからフラットシューズを買い揃え、できた滑稽なブツが今の私です。肌はラロッシュなんとかを使い始めました。

この私の往生際の悪さとオシャレへの諦めは、どうせ着飾って綺麗にしたところで、クソ男たちは化粧の技術もままならない女子大生のケツを追いかけるしそもそももうクソ男に幻想とかないし、でも私だって昔は超ぴちぴちの女子大生だったんだから！負けてないんだから！という両面的な私のストレスをそのまま体現している気がする。

変えられないものを受け入れる力そして受け入れられないものを変える力を頂戴よ、と謳っていた宇多田の姿が目に沁みる。

多分、それについては私が悪い。

第2章

社会とか フェミニズムとか ハラスメントとか

Society * Feminism * Harassment

PLAY / P102-109

セクハラ問題
～いやよダメよがお好きでしょ?

セーラー服を脱がすのはこの時代のリスクヘッジという観点から、どう考えても謝罪会見的な結末しか想起されないのでやめておいた方がいいけど、例のあの歌はガラパゴス日本男児とそれに呼応する形でやはりガラパゴス的発展を見せた日本女児の、生態・性格・趣味嗜好など、それらしさというものを凝縮してコトコト煮詰めて蜂蜜かけた、みたいな名曲だと、私は半分冗談半分本気で思ってる。

その昔、渋谷や池袋で米国の強盗団を指す愛称を名乗り、いやいや北島三郎の孫って感じの顔しといてギャングってアンタ、みたいな男がまだまだいた頃、そして湘南や厚木にはパリピならぬパラリラパラリラ軍団の集会がまだ散見された頃、男子たちが若者特有の仕方で喧嘩を売っている間に、私たち女子は若さとパンツを売っていた。

当然指先一つで買い物からスケジュール管理までできるような世代ではないので、ソーシャルメディアなどを利用して顧客を開拓することはできず、仕方ないのでがっつりマージンを取られながらブルセラショップというちょっと変わった古着屋で、万券握り締めて自分には少々サイズの合わないパンツを買いにくるおじさんたちをマジックミラー越しに待っていたのだが、そういった店で延々と流れていたのが、おニャン子クラブの代表曲のそれだったりする。

どう考えてもやる気マンマンの扇情的な雰囲気を出しながら「嫌よダメよ」とか「あげない」とかもったいぶるその歌詞は、100円のパンツを1時間着用して1万円で売却しながら資本主義とは何かを学んでいた私たちの脳裏に焼きついた。

そしてこれは基本的に、年を重ねてマジックミラーを隔てずにおじさんたちを相手にするようになって、世のおじさんが私たちの下着に脱がす以外の特別な興味を失った後も、なんとなく私たちの行動の指針となりがちだったのである。

日本で、女の子にエッチな感じの効果音をつけるとしたら「イヤン」である。米国のポルノでは女優がアホみたいに「オーイエス」を繰り返すのに対し、日本のAVでは「いや」「だめ」が発せられる回数がアホみたいに多い。「イエス」と「イヤン」なワケだから、国によって言い回しが違うねっていうレベルではなく言っていることが真反対である。

米国人の生身の女性とセックスをした経験はないが、ポルノや映画のベッドシーンを見る限り、彼女たちは気持ちいいとイエスと言い、日本人の女はイヤンと言う。

なんでも無理やり相関関係を見出して暴論を振るうのが趣味の私的には、**日本男児は女の子がやる気マンマンだとあまり興奮しないからなんじゃないか**と思う。そう言えば団鬼六先生も生前、最近の女優はプロ意識が高すぎて、恥ずかしがったり嫌がったりせずに開脚するから情緒がない的なことを言っていたような。**慎ましく閉じられた扉を開けるのが好きな男が多いということでありましょう。**

だからAVも風俗も、キャリアも経験も技術もない新人一発目が最も給料が高く、キャリアと経験を積んで技術が向上し、プロ意識が芽生えれば芽生えるほどもらえるギャラは下がっていくなんていうある種トンデモな、でも年功序列が悪しき慣習だと思っている人にぜひ教えてあげたい年功逆序列の事態が起きているわけである。

世の中の多くの人にあんまり関係ない話だろうけど、数年前に、神聖なる領域、あるいは文明の進化がいたっていない無法地帯として諸々スタンダードな視点での審査を免れていたＡＶ業界にも、世の中の親切でクリーンでお節介で正しい手が入るようになり、悪質なスカウトやしつこい説得行為を糾弾する動きが活発になった。

いわゆるＡＶ強要問題というやつだが、男が根本的に求めているのがオーイエスではなくイヤンである以上、強要問題はそもそもＡＶ自体が内包する病理であるとも言える気がする。

ＡＶ出たーいセックスしたーいオーイエス、と言ってる女じゃ興奮しないのであれば、「ＡＶ出ない？」と言われて「えー……」と答える女の方が結果的にＡＶ女優として需要があるということになる。

ポリコレ的な意味での大人の事情もあるので付け加えておくけど、私はセクハラや強要問題で訴え出ることに対して否定的な気持ちになることはほとんどない。ただ、ＡＶ強要問題のような問題を大真面目にコメントしようとする時、人は、**強く賢く悪い権力者の男と弱く無力な被害者のオンナという図式で語りがち**なのだけど、いかんせんＡＶ内部から見た、当の賢い権力者の方々って、秘書がいきなり巨乳を押しつけてきたり、兄貴の嫁さんがダメよと言いながら股を開いて感じていたり、ナースがいけませんと言いながら下のお口にお注射されたりする、オンナからすればギャグでしかないシチュエーションを妄想する生き物であって、本当に真面目に闘うべき権威なのかとやや疑問に思う。

もっと言えば、イエス！ＡＶ出たいです！というオンナより、無理ですーと答えるオンナに興奮する性癖がそこにある以上、強要強要ということで彼らの妄想を喜ばせてしまっているような気がしてならない。

ＡＶのことは余談なのだけど、このイヤン文化を思うと、セクハラのグローバルスタンダード、もっと言えば米国的な#ＭｅＴｏｏ運動を日本に当てはめた時に、オーイエス文化の国に比べてもうちょっと複雑なボーダーラインを孕んでいることになる。

訴え出ている人の苦痛に違いはないだろうが、イエスの人はオーイエス、ノーの人はノーと言うわけでなく、ノーの人はイヤ、イエスの人もイヤン、なのであれば、**イエスのイヤンとノーのイヤを瞬時に嗅ぎ分ける能力がないと、イヤと言ったと主張する被害者と、イヤン脱がさないでを信仰する加害者との主張が食い違い続ける**だろうし。

このイヤン文化、情緒があって悪くないのだけど、色々な事象に国際基準が侵入してくる時代には何かとややこしいのは何もセクハラ暴露に怯えるおじさま方だけではないのであって、女同士の微妙に分かり合えない分断を作っている側面もある。

ノーと伝えたのにノーが伝わらない悔しみを抱えておじさんを憎む人もいれば、いやよダメよと言われたくらいでセーラー服を脱がしもせずに引き下がる草食男子に絶望する人々もいる。

前者に非がないのは明らかだが、少なくともマジックミラーの前でおニャン子をエンドレスリフレインで聞かされていた女の子たちがいる限り、後者にもそんなに非はない。

もとはと言えば、親切に或いはプロ意識で堂々と開脚するオンナに情緒がないなんてぬかして、恥ずかしげを持ってイヤンと閉じられた膝をこじ開けたい、なんて屈折した性欲を持つ男のせいなので、このあたりで一つ、俺たち日本男児は大和男児の名にかけ今後精進に精進を重ねて〝ノー〟と〝イヤン〟を聞き分ける能力を研ぎ澄ませていく、と言うのか、はたまたグローバリゼーションの波に乗って「セーラー服を脱がして」という曲で興奮するよう身体を作り変え、今後一切アゲナイ♡と言われてテンションをあげないか、どちらにするかを決めてもらいたい、と私はやはり半分冗談半分本気で思っている。

情緒とは…!?
イヤッ♡
ごめん!!イヤだった?
……いや
そういうわけじゃないけど
そっか
……
……
あっ♡
だめ♡
ダメだった!?
……

PLAY / P110-119

間違いだらけのフェミニズム
〜その男、リベラルにつき

パワハラ報道お盛んな今日この頃、「世の間違った親分肌」とか「履き違えた亭主関白」とか「勘違いの無頼派」みたいな人たち、要するにそこそこ時代遅れの男の人たちが全体的に吊るし上げられているような気はする。

当然、世の中にはひどい男はクソほどおりますし、もちろんひどい男の数ほどひどい女もいるのだけど、まぁ叩かれる順番というのがあるので紳士方もそんなにブツブツ言わずにこの時代を乗り切っていただきたいと思う所存。

現に、**会社員時代も「威厳ある上司」と「機嫌悪い上司」を混同している**おじさんや、**ゲキを飛ばすつもりが**

飛ばしているのは唾だけで無意味に怒鳴り続けるおじさんなどよく見ていたので、そうした人たちが唾を飛ばさず機嫌よく生きてくれるようになるのだとしたらそれは結構ありがたいものだと思う。

さて、そういったワイルド系の有害男たちの処理は何も私がブックサ言わなくても時代の流れと怒れる現代っ子たちが担当してくれそうなのでしばし放置するとして、私は私で最近大変鼻につくタイプの有害男と一人で闘っている。

パワハラ系メンズが時代に取り残された先住民だとすると、謎なフロンティアスピリッツで最先端をいこうとする開拓民とでも呼ぶべきメンズたち。

私はその人たちを「**大事なのは君の意思だから**」男と呼んで忌み嫌っている。

時代によって耳触りのいい言葉というのがあって、最近のグッド耳触り語大賞ノミネート群には、女性活躍とか新しい家族の形とかＬＧＢＴとかそのあたりの言葉が入っているのだけど、そのへんの言葉を過剰に、そして巧みに組み合わせると、大変高尚な、ガンジーとかマザー・テレサ系の人間が出来上がるか、使えないクズ男が出来上がるかのどっちかだと私は個人的に思っている。

ただし、ワイルド系クズに比べて、そういう残念バージョンの進化系クズって、否定すると時代の流れを否定しちゃうし、オーソドックスなおばちゃんフェミニストを味方につけていたりするし、**何より本人が自分はワイルド系の呪縛を断ち切った新しい時代の正しいメンズだと思っている節がある**ので、ある意味時代の流れに抗って部員にケツバットしている運動部コーチとかよりタチが悪い。

先日、とあるAV女優と新大久保でカムジャタンをつつく機会があって、そこでなぜかAVでもヌードモデルでもなんでも、脱ぐ系バイトをする際に彼氏に報告すべきか否かについて議論になり、さらにその時の彼氏の反応ベストコレクション、みたいな話題で盛り上がった。

世の中にはスワッピングパーティーに奥さんを連れていく人もいるし、ハプバーに自分の女を連れていって他の男と交わらせる男というのもいるらしいが、一般的に考えて**自分の女の裸体やらエロ行為時の顔やらを、全国の童貞や下品なエロオヤジに大々的に公開したいと願う男は稀**だとは思う。

だから脱ぐ系の仕事というのは彼氏に内緒でやっている人も多いし、実際私もAV女優時代にそのことを知らない彼氏というのがいた時期も少しはあったと思うのだけど、そうすると、みんなを悩ます親バレの懸念に、さらに彼バレの懸念まで加わって事態が大変ストレスフルになるので、そんなにオススメはしない。

そもそもデビュー作がVHSだった私には無縁の世界だが、こんな高度にソーシャルなネットワークが張り巡らされた時代に、デジタル音痴な親ならともかく彼氏に隠しきれるのかという問題もありつつ。

というわけで、報告するかしないかという点で基本的に意見は一致したのだけど、**その際の彼氏の反応がどんなだと嬉しいか**、というあたりでは結構個人差がある、という話になった。

例えば私はどちらかというと、「俺が必死に仕事して今の倍稼いできて贅沢させてやるから脱がずに家にいろ」とか言われたいタイプで、カラオケで二人称が「お前」の歌を歌う男が好き。

カムジャタン越しに語っていた嬢は、「何それめっちゃ面白そうじゃん、いいよなぁ女は」とか言われたいタイプ。

前者は口で偉そうなことを言っても実際は今の倍稼いでくることはほとんどないので、結局別れるかとりあえずやつには内緒で脱ぐかにはなると思うのだけど、はっきりそう言える根拠なき自信と頭の悪さは、男に必要な色気である気がするし、後者はさりげなく背中を押して自分はヒモに成り下がろうとかホストとしての売り上げに貢献してもらおうとか思っている場合が多いのだけど、それにしても**本人すらちょっとナイーブな選択時に、笑い飛ばしてくれる懐の深さはありがたい。**

では一番嫌なパターンとは何か。

私AV出ようと思うのだけど、なんて報告した際に、露骨に嫌な顔をしておいて、「え、なんで?」とか「必要?」とか聞いておいて、かと言って出るなとも別れるとも言わず、帰りの電車で一人になってから**「さっきはごめん、大事なのは君の意思だから僕には止めるとかはできないよね」**とかいうメッセージを送ってくる人。これはカムジャタン越しに、堅い結束を持って一致した。

それは別にAVなんちゃらな状況じゃなくても、「東京タワー買ってよ」とかいろ無茶振りをこっちがした際の向ころの反応だってそろで、「いいよ? 何本?」とか、「ちょっと予算の問題で京都タワーでいいっすか」とかほとんど大喜利みたいに、正解は無限にあるし、好みはあってもどれも正しい。

ただ、ここが微妙なところなのだけど、正解が無限にある、といろのは不正解がない、といろことではない。

そこが大喜利とちょっと違うところで、東京タワー買ってよと言われて「そんな無茶苦茶な要求してくる人とは付き合えない」と真面目に言ってくるのは不正解だし、AV出よっかなと言われて「大事なのは君の意思だから」と答えるのは明らかに間違いだ。

職業選択において個人の意思がかなりの比重をもって尊重される時代に生まれた私たち、別に脱ぐか脱がないかにおいて自分の意思が大事なことはよくわかっているのだけど、どうにも自分の意思だけでするには重い決断というのがあって、だからこそ彼氏にぽろっと話してしまうわけで、**「大事なのは君の意思だから」と言われるのであれば、その男に存在意義はない。**

そういう男は、やめろなんていう前時代的なワイルド系にアンチテーゼを投げ、女性の意思を尊重しているフリをして、後で「あなたがやめろって言ったから」と責められることや「あの時止めてくれれば」と泣かれることを拒絶しているのだ。つまり、彼女との関係や彼女の不幸に一切の責任を背負い込んでいない。

恋愛なんて、本当はしない方が効率的に生きていけるのはわかっているうえで、あえて相手の人生を変えてしまう覚悟で相手の人生に食い込むことなわけで、相手の人生に食い込むことなしに、肉体の先端だけ食い込ませようなんて虫がいいにもほどがある。

そして、そういろ人たちに平成の無責任男的なダメ意識がないのは、履き違えた女性尊重思想のせいだ。

そういうやつは車で迎えにきてと言ったら、「車の運転を男が独占したら女性の移動の自由を奪っちゃうよ、そんなこと僕はできない」とか言って迎えにこず、荷物持ってと言ったら「僕は君の力を過小評価したくない」とか言って持ってくれず、このレストラン行きたーいと言ったら「女性活躍の時代に社会に出てちゃんと働いている君に敬意を表してワリカンね」とか言って奢ってくれず、あなたの子供作りたいわと言ったら「男女の非対称性を感じさせない新しいタイプの家庭を考えるべきだ」とか言って中出ししないであろう。

女性の意思を尊重し、「女らしさ」「男らしさ」の呪縛を断ち切ろうとして、結局男のいいところを踏襲するのを放棄している。断ち切るべきは間違った男らしさの呪縛であって、素敵な男らしさを放棄するのであれば、もう女になればいい

じゃないかと思う。

差別意識をなくしたり、偏見をなくしたりする時代の流れがあっても、人間そうそう感情のあたりまで時代の流れについていってはいない。だからこそ頑張って働いたり稼いだりしてる女も時には「もうやだ全部あなたが決めて。涼美わかんなーい」と言いたくなるし、「大事なのは君の意思」と言う男だって最初は嫌な顔しちゃうわけで、そんなポリティカリー・インコレクトなところをベッドの上でうやむやにするのが恋愛なわけです。

だいたい、ベッドで「いやん、もうダメェ」ってろっかり口にして「大事なのは君の意思だから」とか言われて中断されても困るし、正しさの向こう側までいく気がない男とのセックスなんて、絶対に絶頂の向こう側にはいけない気がする。

俺が倍稼いでくるからおまえは脱がずに家にいろ!!
さああなたはどっちを選ぶ!?
……でも大事なのは君の意思だから
ワイルド系クズ
VS
残念進化系クズ
脱ぎ系の仕事をしようとする女につきつけられる二者択一!!

PLAY / P120-129

平成最後のパワハラ判定

〜逃げるは恥だし角が立つ

２０１８年はどんな年だったか、と言うと日本に住んでいる人もいれば北朝鮮やシリアに住んでいる人もいるので一言で表すのは難しいが、じゃあニッポンのおじさんにとってこの年がどんな年だったかと言うと、それなりに功績があろうが名声があろうが、**部下や生徒にパワハラレッドカードを突きつけられたら社会からの退場は免れない**、ということがはっきりした年でした。

あと、おじさんは本当にカーリング女子日本代表のような、地方出身で一所懸命な女が好きだということがはっきりした年でもあったし、なぜかおじさんは元新潟県知事の米山氏とか桜田元五輪担当相とかをマウンティングに使うということがわかった年でもあった。

さて、おじさんがそだねーに萌えようが、「だから若い時遊んでない男はだめなんだよ」とか言って米山さんにマウントしようが、もはや季節外れのセミが鳴いているくらいにしか聞こえないからいいのだけど、そしてスパルタとか親分肌とか言われていた人がパワハラ退場するのもまぁ時代の流れだと思うのだけど、一部の淑女の訴えが、セクハラやパワハラやモラハラと認定されるのに対して、**別の一部の淑女の訴えはそういう判定から免れ続けるのにはちょっと一石を投じたい。**

年の瀬といえば忘年会も増えるがそれなりにカップルや家族で過ごすような時間も増え、故にパートナーやら家族やらがいない女同士はその空いた時間を埋めるべく、尚且つ、ひとしおの寂しさを紛らわせるべく、さらに己の人生と自尊心をギリギリのところで肯定するべく、結構な頻度でつるんでおり、そしていちいちそれをまた忘年会と呼んでいるので、日々1年間の総括をしていることになり、必然的にお互いの1年について無駄に詳しくなり、別に壊滅的な被害は受けていないものの、そして人生としていくつかの要素は順調なものの、プライベートとか恋愛とか呼ばれる分野ではたいして報われないがために全体的に七転八倒感漂う自分らの人生に思いを馳せることも多くなる。

そんな名目で女が集まると、出る結論は**「別に私たちは1ミリも悪くない、悪いのは男だ」ということになるわけ**だから、それは言い訳をするすべもなく時代に葬られていくパワハラオヤジに対する判定と同じ程度にはフェアさに欠けるが、パワハラ判定と同じ程度には理にかなっているはずである。でもなぜか、カラオケのリモコンで人を殴ったり、練習中の体操選手に暴言を吐いたり、スポーツで不正を強要したりすることが○○ハラとかにちゃんと認定されるのに対して、我らが訴える男の非は、何かに認定されて世の同情を引くことも、男を社会か或いはせめて恋愛市場から退場させることも叶わず、30代の良識ある女の胸の中で、消化不良のまま蓄積していくばかりなのだ。

例えば、昨年の年末に3回ほど一緒に飲んだ友人はその年、半年ほどデートしていた相手に、いい加減お互いの関係をはっきりさせよう、と迫ったところ、彼がその場では**「僕は結構真剣に考えてるよ、他に女と会ったりしていないし」**と言いながら、翌日から音信不通になるという事件を経験し、年の瀬になってもイマイチ納得がいかないまま、相手はきっと事故か急病で死んだのだろうと思ってなんとか前を向いて生きている。

死んでいるはずの彼がなぜか社内コンペを勝ち抜いて大きなプロジェクトを始めたり、昼に有名店のトンカツを食べたりした情報が、フェイスブックのタイムラインに流れてくるのを不思議に思いながら。

同じく年末に日々連絡を取り合っていた友人のもう一人もまた、名前のつかない関係を続ける彼と、それでも一緒にいる時間を楽しめればいいかな、なんて思って週末にゴルフの練習に付き合ったり、一緒に釣り堀に行って遊んだりしていたところ、フェイスブック上で共通の友人がごまんといるような女が彼と一夜を共にしたことをわざわざ友人伝いに報告され、そのことについて質問し、ついでに自分たちの関係についてどう思っているか聞くラインを送ったところ、未読のまま2ヶ月が過ぎた。

未読スルーというけれど、スマホとラインの特性を考えると「2行だけ既読してスルー」というのが正確で、このような事態を避けるために、賢いの頭に「ズル」がつくデジタルネイティブ世代のビッチたちは重めのラインの後に即座にスタンプを送ったり、重めのラインの最初の2行は時節の挨拶で始めたりするのだろう。しかし、高校入学時点の最先端がテレメのアーキス（東京テレメッセージという当時存在した会社のポケベル）だった世代の良識的で迂闊な女はいきなりぶっちぎりの本題に入るので、彼女のスマホのライン画面を開いて彼の名前までスクロールすると、「この間、●山●子ちゃんて子と話す機会があったんだけど、別に私が言う権利がないかもしれないけど」といういかにも重めのラインの序文が表示されており、そのままトークルームを開くと長い本文が続くそれに、既読のサインは未だついていない。

ちなみに私には昨年、一瞬だけ付き合った男と酒気帯びで喧嘩になって後頭部を数回フライパンで殴られるという珍事が起きたのだが、その日馬富士系事件は、インパクトと裁判したら勝てる可能性などは濃いものの、私のアイデンティティを揺るがしたり、考え方を脱構築したり、生きる気力を奪ったりはしない。

それより、そのミスターフライパンと別れた傷心のまま身体を預けた男に、「俺とのこと、絶対周囲に秘密にしてね」と念を押されたことの方が地味に傷つく。

しかしこういった我ら良識女の主張は、暴言を浴びたり、殴られたり、上司という立場を使って無茶振りをされたり、記者と事務次官の関係を利用しておっぱ

い触ってもいい？と言われたりするような、近年世間の同情を強く浴び、十分な報復装置が用意されている彼女たちの主張に比べて、訴える取っ掛かりもなく、そもそもどこに相談していいのかもわからず、女友達以外の世間様に真剣に取り合ってはもらえず、しかしステンレスのフライパンでつく後頭部の傷よりずっと痛みがある形で女の自尊心に大きな傷をつけ、忘年会の終盤で煮詰まっていくもつ鍋とともに、我々の心にのみ焦げ目として残っていく。

ミスターフライパンのような露骨で原始的な男は裁けても、フライパン事件に類するような修羅場の匂いからとっとと逃げる男は裁けない。

フライパンの傷は冷やせば3日で癒えても、音信不通で傷つけられた自尊心は癒えることのないまま平成の負の遺産として元号や時代が変わっても残っていく。

別にパワハラ被害やDV被害だけが救われていてずるい、なんていうことを言いたいわけではない。

納得いかないのは、そういったことが起こりうるほどの濃密な人間関係から逃げる男は、パワハラ断罪ブームのこの世の中を実に器用に泳いでいて、米山元知事にマウンティングして若い頃の武勇伝を話し出すおじさんがごとく、今時パワハラなんかで捕まる男を小馬鹿にしては、自分は時代に合わせたスマートな行動ができる人間だと言わんばかりにドヤ顔をして、人を傷つけている自覚などゼロのまま生きていることだ。

パワハラ報道がこのまま過熱していけばこんな男はさらに増え、またそんな男のマウントドヤ顔はドヤの具合が増していく気がしてならない。

法律に照らし合わせるとやや拡大解釈を孕むとはいえ、煽り運転を危険運転とみなした判決は尊いものだった。

その勇気をもって世の裁判員の方には、音信不通や未読スルーをDV認定してほしいものと思う。

法で裁ける罪よりも、法で裁ける罪からも私たちの泣き顔や怒りの声からも逃げようとするその態度の方が、時に人生にも仕事にも疲れた女のギリギリの自尊心に悲鳴を上げさせるなんてことはままあるのだから。

逃げるくらいならフライパンで殴れとも言えないが、**せめて音信不通男への何かしら壊滅的な社会制裁がないものか、**というところで、昨年の忘年会はいつも一番大きな盛り上がりを見せていた。

3日で治る傷!
テメエどうせ他の男と会ってんだろ!!
は? 会ってなー……
イタッ!!
ちょっ
マジでイタ……
ギャッ!!
ゴッ ゴッ
治らない傷!!
俺とのこと絶対周囲に秘密にしておいてね
……

PLAY / P130-139

女性活躍社会の不都合な真実
～キャッチコピーの女は電気椅子で夢を見るか

生理に対する偏見が強いせいもあって、正しい知識や安全なアイテムが普及していなかったインドで、周囲の好奇の目にも負けずに安価で安全な生理ナプキンの普及を進めただけでも偉いのに、そのシンプルな製造工程とわかりやすいビジネスモデルを紹介することによって、各村の女性に仕事と自立する自由まで与えた、実在する社会起業家をモデルにした映画が話題になっているというので、友人たちと連れ立って久しぶりに渋谷のシネクイントまで観に行った。

そして彼の不屈の精神と、努力を惜

しまない姿勢、単純で愛に溢れた動機に感動し、私たちは一筋の涙を流し、エンドロールが終わっても心がじんわり温かかった……

……わけなど勿論ない。

映画ファンに中指立てるつもりも元気もないが、そうそう簡単に温まるほど私らのハートは柔らかくない。
彼の立派な人柄と成功に一筋の涙くらい流したかもしれないが、その一筋くらいは紛れて消えてしまうほど私たちは滝のように号泣していた。

正確に言うと、私を含めた4人の仲間のうち、一人の男性は普通に彼の素晴らしい事業に感涙していて、残る3人の女は残酷すぎる現実を突きつけられてショック死寸前のところで神にすがって泣いていたのだ。

どうして女性の活躍を多方面から死ぬほど後押しした男が、何の知識もキャリアも働く気もない、若くしてお見合いしたっていろだけの、顔が可愛くて考えが古臭くて生理のことも彼の事業もなーんも理解していない女を愛し続けているのだ、と。

正直、男が彼女のようにイノセントでピュアで無知で、簡単に言うと可愛くてバカな女を選ぶことなんて私たちはもうよく知っているし、軽めの絶望とともに微笑ましく見ている。

でも、何も女性にきちんとしたナプキンと仕事をプレゼントして、自分の欲望よりも女性の自立と幸福のために生涯を投じるような、女性活躍社会のマザー・テレサみたいな人が、自分に協力的で知的で美しい女を捨てて、バカで可愛い嫁の元に帰らなくても。

つまり**女性の自立を助けた彼は結果的に、インド社会に自分が選ばないタイプの女を大量生産したことになる。**

彼の起こした事業の方向性は、現状のグローバル社会では圧倒的に正しい。

私もまた一部の医学部などを除いて基本的には正しい社会で正しく育てられ、生理中に汚い布を使うことなく、安くて安全なナプキン敷いて仕事を続け、暴力をふるう旦那から逃げられずに苦しむことなく自立し独身で逞しく生きている。

高度に教育され、稼ぐ手段を得て自立し、女性のハンデとも言える身体の周期とも前向きに付き合い、賢く育ってものが言える。

女性が輝く社会のキャッチコピー通りに正しく生きている。

昨年話題になった医学部の入試不正などは正しい女性活躍を妨げる闇、正しい方向に向いているはずの社会の歪みのような扱いを受けた。学力で選抜すると言っておいて、学力が劣った人を入学させることは不正に間違いないのだが、そんなものが本当の闇なんだろうか、ともちょっと思う。

女性が輝く社会の本当の歪みは、それを心から後押しするような人格者でさえ、輝いた後の女性を自分の伴侶として選ばないことの方なんじゃないか。

だとしたら、入試で姑息に女を落としている家父長制の権化みたいな大学よりも、むしろ女性に素晴らしい教育と素晴らしい仕事を用意している人の方が、結果的には女に冷たいことになる。

そういえば映画を観ていた4人のうち、唯一いた男友達は新しい時代の面白い会社の代表取締役である。

彼の会社には優れた女性クリエーターもいるし、女性役員もいる。旧態依然とした大きな企業よりも身軽で、若手にも責任を持たせて、面白くて新しいアイデアでもって豊かな社会を作っている。

そして彼は心の底から女だから若手だからと差別することなく、才能あるものを雇い、彼ら彼女らの成長を助けつつ、彼女たちと切磋琢磨して仕事して、**家では元ミス何ちゃら女子大の読モにご飯を作ってもらい、ギャラ飲み女子と浮気している。**

そして30代後半独身の不倫とか占いとかしながらそれぞれ専門分野で活躍する女3人と映画を観て、「あーいい映画だったなー」とか言いながら残りのコーラを飲み干している。

そして「映画の中盤に出てきたさー、彼の事業に感銘を受けて協力したあの綺麗な大学生、君ら3人ぽいよねー。あの女優綺麗だったなー」なんて屈託なく、むしろお世辞くらいの勢いで言って笑っている。

そんな女を選ばないくせに。

別に、私たちが男に嫁として選ばれないのは高度に教育されて仕事をしているからというだけでないのはわかる。

顔は高度な医療で老化防止していてもお尻はカサカサだったり、喋り方が下品だったり、高いレストランに行ってもイマイチ嬉しそうにせずにパンのクオリティに文句をつけたり、3万円の美容クリームは買うのに映画の後のファミレスのお会計は男に押しつけたりするのが悪いのもわかる。

でもそれらも高度に教育されて仕事していくうちに身につけた欠点であって、20歳の頃は初めて行った十番のカシータで誕生日を祝われて、「えーこんなに美味しいの初めてー」って言うくらいの可愛げはあった。

何が悲しいって、私たちの仕事を評価してくれたり、経歴を賞賛してくれたり、君の功績に感謝してるよなんて言ってくれたりする男が、家で私たちより随分と若い、私たちがケツ汁出るほど図書館に座って修論書いていた時に旦那さん探しをしていたタイプの奥さんに耳を掘ってもらっていたり、15歳も年下の、学生に毛が生えたような女と結婚して仕事辞めていいよなんて言っていたりすることで、だとしたら医学部受験の時点で女はいらないとはねのけた件《くだん》のファシストの方がまだ傷が浅いうちに排除しているぶん残酷さは少ない。

キャッチコピー通りに走った結果、一人で逞しく更年期障害の恐怖に怯えながら生きながらえるのは、なかなか厳しい現実だ。

結局、女の活躍にケチをつけるのは女性社員にセクハラして左遷された上司でも、採用で「女入れないとうるさいから多少入れとけよ、でもあんまり入れるなよ」と言ってる経営者でもなく、「女が役員になれる会社以外は成長しない」と本気で言って、短大卒の22歳と本気で結婚している男の方で、女の教育と活躍を政策として推進するのであれば男のフェティシズムの改革もセットでやらなくては、卑屈な女は増える一方だ。

蝶よ花よ高学歴よキャリアよ、と踊らせておいて、やっと仕事が落ち着いた頃に、パッドマンがバカな女を愛していたこの現実を見せるなら、**最初っから、蝶よ花よ婚活よ、と教えておいてくれた方がよほどためになる。**

女の真の
敵とはー……
女が役員になれる
会社以外は
成長しないっ!!
本気ッ
豆シバ
飼いたいなー♡
短大卒
22歳の
嫁!!

PLAY / P140-151

女の不幸、その戦犯は男か社会か恋愛か?
〜#Me Tooは株券ではない

元AV関係者だからという理由もあるだろうけど、私のツイッターやインスタのアカウントにはたまに、というか、そこそこ定期的に、おちんちんの写真がDMで届く。

別に自分の連絡先が書いてあるわけでもなく、私の個人情報や逆に間違った情報をばら撒くような様子もなく、極めて控えめに、奥ゆかしく、そっとちんこ写真だけが送られてくる。

別に嬉しくはない。**男の子が女風呂を覗いてみたいと思うようには、女は男の裸それ自体にそれほど興味はない。**

よほど好きな人とか憧れの芸能人と

か一目惚れするほどタイプだとか、或いはものすっごい変な形のちんちんだとか、刺青が刺青のレベルじゃないとか、奇想天外な体毛の生え方をしてるとか、むしろ体毛がピンクだとか、官僚なのに乳首にピアスしてるとか、そんくらいじゃなければ、裸体の男が目の前を通り過ぎても二度見もしないし感情が揺れ動いたり身体が反応したりしない。

だから別におちんぽメールを送られても、幸福な気分にしてもらっている、といった感謝の気持ちになることもないのだけど、だからといって傷つくかと言われるとそうでもなく、感情は簡単に言うとZEROである。

むしろ色々なアカウントから送られてくるリアルちんかめは、時に精一杯大きく見せようと、パイパンだったり、変な画角だったり、〝粗〟なそれをギンギンに勃たせていたりと、馬鹿馬鹿しいを通りこして結構甲斐甲斐しい。

そんな彼も、上司の機嫌をとるために好きでもないゴルフに付き合ったり、後輩の前で「いやーそれじゃだめなんだよキミィ」とかいって強がったり、奥さんから、偉そうにするならもっと稼いでこいと言われたり、息子とキャッチボールしながらちょっといいこと言っていたりするとすれば、もはや甲斐甲斐しいを通りこしてちょこっと神々しい。

ちんぽに感情は揺れ動かないが、お互い世知辛い世の中で踏ん張ってこーぜ、イェイイェイイェイ、とエールを送っている。

と、いうのが人生超順調な時の私の博愛的反応。

好きな雑誌から執筆依頼が来たとか、セフレ状態で停滞していた男が急に「彼女になって」と言ってきたとか、初めて手をつないでから私の右手がスーパースペシャルになったとか、うれしい！たのしい！大好き！とか、数少ない独身盟友だった女友達が結婚しかけたけど直前に破談になったとか。

幸福の程度やくだらなさに濃淡はあれど、心が満たされている時の私は大変優しい。目深にしてた帽子のつばをぐっと上げたい気分。

当然、ブライトライツビッグ東京で生きてる35歳の独身女は、四六時中機嫌がいいわけでもないし、女子高生の頃みたいにとりあえず散財してセックスして過食すれば元気！というほど単純なバカでもないので、時々というより、もうちょい頻繁にムスッとしていたりイライラしていたりする。

送られてきた取材依頼書の宛名が紗倉まなのままになってたとか、口説いてきたはずの男と愛してるなんて本気でエッチしたらその日から都合のいい娼婦扱いとか、結婚するとかしないとか、選ばれるのはあぁ結局何にもできないお嬢様かとか。

そういう時にオンライン露出狂に出くわしたりすると、マジで世界もクソだし私もクソだし男なんてみんなクソだしとりあえず死ねと思う。もしくは送ってくるなら皮にタトゥーとか入れて面白くしてから送ってこいと思う。或いは男のパイパン流行らせた欧米人一生許さねーと思う。時には知り合いの男優にでも頼んで日本を代表する美巨根を送り返してやろうかと思う。

とにかく、荒々しい気分が加速して世界への恨み節

が始まるとともに、そもそも**私の人生がこんなにも不調なのは、男がちんちんを送りつけてくるような生き物だからだという暴論を振るいたくもなる。**

往々にして、確かに女の子が幸福な気分である、あるいはクサクサした気分である、というときに、**男がどこかで絡んでいるのは間違いない。**

仕事で追い詰められやすい男の子に比べて、女の子は仕事がどんなに順調でも、恋愛があまりに破れかぶれだと震えるほどのハッピーになりにくいという事情があるからだ。それはもう少年漫画に比べて少女漫画の恋愛ものの割合の多さを見れば明白だ。だけど、この時代、A君がムカつくとか、恋愛における男のスタンスに納得がいかない、B君から連絡がこなくて傷ついた、とかいう大変個人的なことを、政治的な暴論に包んでしまうのがあまりに容易になっているのも事実。つまり、**私たちのずるいのは、本来別のところにあったはずのクサクサの原因を、あたかも社会構造にあるように振る舞っていること**だ。

世界的な盛り上がりを見せたセクハラ吊るし上げや、#ＭｅＴｏｏの運動は、「私が不幸なのは女性差別のせいで、私の人生パッとしないのはセクハラのせい」という主張を部分的に孕む運動であった。

確かに、男女に大きな収入差や機会の不平等がある社会で女の人生がイマイチ光り輝かないとしたら、個人的な領域にまで広がった政治的な不公平が原因の場合も多そうだし、同じ点数でも未だに女だからという理由で医学部受験に失敗するような世の中では、男女差別によって不幸を感じることはある。

ただ**あまりに便利な言葉には多くの意味を包括しすぎる暴力性というのがあって、**直接的な原因が露出魔メールを送るような超一部の男の場合もあれば、そもそもそんなもので心が揺さぶられる原因は昨夜Ｂ君が電話をくれなかったせいという場合もあれば、冷たいＢ君なんかを好きになってしまった私のバカさ加減に嫌気がさした場合もあれば、そんな自己嫌悪も恋愛のイライラもすべて生理のせいという場合もある。

それを差別や蔑視や不公平というものに包んで社会構造を批判していると、なんとなく本当にすべての元凶が政治的なものであるように思えてくるし、ちょっと正義の味方の気分にもなるし、その構造が改善されればすべて上手くいくような気もするし、別の理由で恨めしい男をそのブームに便乗して葬り去ってしまうことすら可能になる。

83年生まれ、鈴木涼美氏の人生は1歳違いのキム・ジヨン氏の人生と同様に基本的にあんまりパッとしないし、面白おかしく生きてはいるものの、美しい人生と大声で言えるほどの愛のメモリーはないし、限りない喜びを教えてくれる風のささやきも聞こえやしないし、**それのいくつかは社会の構造がいまいちなせいでもあるし、生意気な女は暴力で黙らせるような前近代的なおっさんのせいでもある。**ただ、それは私のキャバクラの給料で裏スロットに行きやがった特定の男性のせいでもあるし、そいつのギャンブル癖のせいでもあるし、裏スロット作った誰かのせいでもあるし、何よりそんな男が一瞬でも愛しく見えてしまうような狂いまくった私の目のせいでもある。

少なくともすべてが女性差別のせいじゃないし特定の誰かのセクハラのせいでもないし全部が男のせいじゃないし家父長制のせいでもないし裏スロットだけのせいでもない。当然、松崎しげるのせいでもない。

そうやって**自分の不幸を分解していくと、結構な確率で自己嫌悪に陥る**のだけど、なるべくならなんでこんなことしちゃったの私のバカバカバカとならずに生きていきたいから、私みたいに何かというとすぐ、男ってオスって殿方ってオトコってと悪口を言ったり、別の人は論文や小説を書いたり、別の人は男女同権運動に身を捧げたりする。

また別の人はかつて自分を酷く扱ったプロデューサーをここぞというタイミングで告発したりもする。まるで大事にとっていた株券を、ピンチのタイミングで手放すみたいに。

ワインスタインが告発され、#ＭｅＴｏｏが生まれ、日本でもいくつかの象徴的なセクハラ告発があった頃、飲み屋で会うおじさんは大体３パターンに分かれる反応を示した。

真に受けすぎて激しく男であることを後悔する自己嫌悪タイプ。

この株は上がると踏んで急にフェミニストっぽいことを言い出す**ビジネスタイプ**。

こちらの反応を慎重にうかがいながら運動やフェミ言論人の悪口を言う、ＭｅＴｏｏは怖いよ、そして**男はつらいよタイプ**。

それぞれ心の優しさや純粋さとか、時代の空気を読むビジネス感覚とか、素直さとか、いいところはあるのだけど、どうにもこうにもあんまり面白くない。気に入らない人のベッドに血まみれの馬の頭を突っ込むほどの独創性もない。

私は身勝手で他力本願で、しかも面倒なことに自分のことを不幸にしちゃうような愚か事をたくさんしてきたしこれからもする可能性大なので、**できれば今後もオトコってほんとバカで悪趣味と言いながら、ギリギリのところで自己嫌悪に陥りすぎずに生きていきたい**と思っている。

男ってバカバカと言いながら、ゴッドファーザーのアル・パチーノに熱を上げたり松方弘樹に目をハートにしたり誰かの愛人になったり恋人になったりして矛盾していたい。

女っていうのは私ほどバカじゃなくても、大抵はかなり愚かなうえに卑怯で、自分はホテルまで行っておいてやる気になった男を放置して女子会の笑いのタネにするくらいのことをしつつも、ホテルまで行ってやる気にならない男は意気地なし呼ばわりするし、**ホテルに行ってやる気を出しすぎた男を訴えたりもする。**

不幸は男の古臭い思考のせいだと言いながら、色褪せない男の男らしい愛なしでは幸せにもならぬ。

そんな、結構酷いけど一所懸命な女子たちの声に、当の男がしょんぼりしたり便乗したり裏で愚痴ったりするだけでは手応えもなければいじめがいも面白みもないし、だんだん罪悪感すら芽生えてくるので、できればウィットとガッツを持って女のクソっぷりを語ったりセクハラの歴史をセクハラで塗り替えるような反論をしてほしいと思うのです。

P.S. 馬の頭を投げ込むのはやめてください。

女の怒り双六
キッ
私の人生がパッとしないのは女性差別社会のせい!!
でもきっかけは昨日知らないおっさんからちんこの写真が送られてきたせい!!
シーン…
それにこんなにムカつくのは昨日B君が電話くれなかったせい!!
ワー!!
つーかそもそもの元凶はあんな冷たいB君なんかを好きになった私のせい!!
あ…生理か…
全部これのせいだわ……

仕事三十六景

女がそんなことで成功すると思うなよ

「仕事運だけよくてもそんなに嬉しくないいんだよね。むしろそこでそんなに運使い切りたくないんだけど」

なんて、少なくともここ2年で6回は私の友人たちから聞いた言葉で、私も何度か口にしたことのある言葉で、いい仕事に恵まれない人からすれば憎いほど贅沢なこと言ってる、って感じなんだろうけど、結構な本音でもある。

別に仕事で苦労したことがないわけでも、逆に仕事が死ぬほど嫌いなわけでもなく。

ちなみに一番最近聞いたこの台詞は、ちょうどそろそろ今の会社の仕事も一段落という時に超好条件の引き抜きにあって、向こうの上司となる人もえらく優れた人格者でトントン拍子に話が進み、ほぼ希望通りの部署と役職と給料を手に入れたと同時に、いい感じになってた男にカノジョがいたことを知った37歳の美人によって発せられたやつです。

独身だろうが子供いようがバリキャリの人はそれはもう立派だと思うし、会社員時代に社内で何度か見かけた女性初の部長、とか、特派員やるために子供の世話要員で自分の両親を自腹切って駐在先に移住させた人、とか、日本語と英字あわせて家に9紙も新聞とってる女性デスク、とか、尊敬っていうかもはや服従って感じですごいと思う。ただ、そうなりたいか、と問われればそれも違う。

かといって、もうすでに子供3人言葉が喋れるレベルまで育て上げて、上の子は中学受験まで終わって、姑連れた南国旅行とかまでクリアしているかつてのクラブ仲間を見て、そんな選択が私にできたかしら、と思うと即答でNOだし、心から羨ましいともすごいとも素敵だとも思ううえに私の人生一体何周遅れてんだってて気分にはなるのだけど、じゃあ彼女たちのいる場所に向かってここから本気出してダッシュ！とかしたいかというとそれもまたなんか違う。

ちょうど1週間前に、同じく独身で仕事してて仕事すごい好きってわけでもない友人と、ヒルズで『グリーンブック』を観ていたら、黒人のエリートピアニストが、「I' m not black enough, I' m not white enough」と息巻く長台詞があったのだけど、まさにそんな感じ。

いや、東京に住んでる限り、肌の色がキイロくて疎外感を感じることはないんだけど、女性活躍時代を彩るエリート働きマンと、いつの時代も尊ばれる母や妻といった存在と、その二大巨頭の間で、アイムノットバリキャリイナフ、アイムノットシュフイナフって感じで大変情けない疎外感とともに生きてる。外から見ればいかにも現代風の独身ギャルズなのかもしれないけど、中身は結構男のことばっかり考えてる乙な女だったりするし、でも男のこと考えてるといっても相手の両親とか子供の学資保険とかまで考えるほどレベルが上がってないっていうか、現実での主婦的な経験と言えば大学時代の同棲ごっこでハンバーグとか焼いてみた頃から特に進んでいなくて、その頃から進んでいるものと言えば仕事で思いっきり出世したとこだけだったりもする。

古き良き女にもなりきれず、新しい女にもなりきれず。何が欠けていたのかはだいたいたいわかっている。

それは、見切り損切り能力、そして大切なもののために何かを諦める力……そしてそれ以前に自分にとって何が大切か、何を大切に生きていくかを見極める力。でも、そんな高度な能力、少なくとも学校では教えてくれないのに、みんなどこで身につけていくんですかね？

私たちだって、別に日本一真面目に生きてきたわけでもないが、日本一不真面目でも全然なかった。

男の子の辛さが、一本道でみんな勝負しなきゃいけないところと脇にそれると脱落者っぽく見えがちなところだとしたら、女にはそれていい脇道がたくさんあって、最初っから一本道なんてないから勝ち負けがヴェイグでさぞかしお気楽に見えるとは思う。世の似たような大学に通う男子たちが引越しのバイトで日給1万で疲れ切ってるか、せいぜい家庭教師でクソガキの相手をして稼いでいる頃、未来の彼らを相手にした商売で月3桁稼いでいる同級生の女なんて、世の中なめくさってるとしか見えないだろうとも思う。自殺するほど辞めたくても鬱になる程辛くてもそうそう簡単に仕事なんて辞められない彼らからしたら、わりと気軽に会社なんて辞められる私たちは本当に気楽。彼らと似たような条件の仕事も見つけられるし、ぜーんぶ放棄して婚活に明け暮れることもできる。女って幸せだにゃん。


と、思います私も。


いや、正確に言うと女は若い時は絶対に男より生きやすい。

若くて得をしてる男なんていうのは超ジャニーズ級の一部だけで、それでも結構苦労する。日本一イケメンのホストだって最初はトイレ掃除もキャッチも洗い物もする。キャバ嬢はトイレ掃除も洗い物ももちろんしないし、自分がゲロまみれにしたトイレも即座にボーイが掃除してくれるわけで、しかもどんなにイケメンのモデルでも頭がパーだとなかなか魅力的に映らないのに対し、マリリン・モンロー級の美女は頭がパーで性格が極悪でも大変魅力的。

ただ実はそうやって生きやすい若い時を生きやすく生きている間に、私たち女は、この世で最も難易度の高い問い「どっちでも本当にいいよ？　とりあえずパスして来年決めてもいいよ？」を突きつけられ続けている。

大学行っても行かないでお料理の勉強してもカリスマショップ店員やっても本当にどっちでもいいよ？

院に進学しても総合職になっても一般職になっても主婦になっても全然どっちでもいいよ？

結婚して仕事続けても家庭に入ってサポートしてももちろんどっちでもいいよ？

子供作っても仕事に集中しても当然どっちでもいいよ？

子育てしながらバリキャリやっても子育てに集中しても在宅でできる仕事してもマジでどっちでもいいよ？

子育て一段落して仕事始めても受験のサポートしてもちょっと一休みして趣味を持ってもリアルにどっちでもいいよ？

色々決めかねてるならもうちょっと先に延ばしてとりあえず今の生活続けてもいいよ？

こんな甘ったるい問いを繰り返されたところで、もちろん甘ったれの私なんて何かをとって何かを諦めるなんていう潔い態度はとれず、とりあえず保留に次ぐ保留を繰り返してきた。

そんな性格だから25歳まで学生だったし35歳まで独身だし仕事も低空飛行でやり続けていて恋愛もセックスも超低空飛行だけど一応市場には出ていて、何も得ていないが何も失ってはいないつもりでいた。もちろん、いずれは子供を産む自由は失われるし、そもそも人として大事なことを失っている気はするけど。こういう生き方ができるところが、男から見たら気楽なものでもあるし、でもこういう生き方ができてしまうところが、ホントは死ぬほど残酷なことでもあるのだ。

少なくとも選択の余地なく前に現れる一本道を頑張ってると、出世やお金だけでなく恋愛市場における価値やら父親としての威厳やら世間的な敬意やらいろんなものがいっぺんに付いてくる男に、そのどれかに集中するとそのどれかを自ずと失っている女の選択の困難さはイマイチよくわかんないと思う。

そんな中、とりあえず保留保留を繰り返している私たちの手にあるもの、それは確実に夫や子供ではないし家庭ではないし幸福でも満足でも生きがいでもなく、仕事といくばくかのお金だったりする。30代半ばの同窓会っていうと女の場合は最もそれぞれの道が色濃く違いを見せつける時期で、子育てに忙しい者、子育てを親や保育士に手伝ってもらいながら仕事もバリバリしてる者、成功者の旦那のサポート役をしている者、仕事だけをしている者、マジで焦って婚活している者、とか色々いて、それぞれもはや時差のある国に住んでいるのかっていうくらいの異文化交流になる。

学資保険の話題についていける者、旦那の仕事の話についていける者、仕事の愚痴についていける者エトセトラ。

そこで当然お互いに羨望や嫉妬もあれば、彼女も幸福そうだが私の選択は間違ってないはずという確認もあるのだけど、なんとなく子供や家庭をとった女と仕事をとった女という分け方になることが多い。

そういう時、正直ワタシタチはというと、すっげえ居心地が悪い。

子育てに集中している者がある意味、仕事を一時的にでも諦めて子供を育てるという生き方を優先しているのに対し、仕事に集中しているように見える者は、子供を育てる生き方を諦めて仕事をとったわけではない。というか必ずしもそうではない。そういう尊いキャリア女性はいるけれど、かたや別に女としての幸福を諦めて仕事をとるつもりなんかゼロでただ仕事を辞めていないだけというのが私の正直なところ。

子育てはやめられないけど仕事はいつでも辞められる。結婚は一人を選ぶけれど仕事はまぁ色々他のことをしながらもできる。よほど金持ちの家でもない限り、学校を出たらとりあえず何かしらの仕事はするし、辞める選択をしなければずっとしている。少なくとも私が仕事をし始めた時、それは、結婚や出産のように意志によって選びとる類のものではなかった。

「いや、私なんて、子供の頃近所にいた普通の男の子2人育ててヒーヒー言ってる色気ないただのおばさんだよー。すごいよ自分の仕事とか持ってて、尊敬する！」

とか言ってくれるのはもちろん近所の本当のおばさんではなく、クソほど可愛い息子2人とイケメン旦那がいてまったく色気なんて失ってない、溜飲ダダラに羨ましい美人ママだったり、その気になればいつでも仕事なんてありそうなスーパーエリート妻だったりするのだけど、多分それは結婚や出産をいっときグッと我慢して仕事の責任を全うしたり社会をよくしようと起業したりしているキャリアさんたちに向かって言うべきものであって、私はいつも、某はこのセリフを言われるべき女ではない……と心の中で恐縮している。

ごめん、仕事とってない。両方絶対掴んでやるなんて気概も特にない。仕事を辞める理由がないだけなの。

と、どこまでも被害者意識過剰な私に、さらに上をいく親友がいる。大学1年生の頃からだからもう15年以上の付き合いだけど、彼女の人生はなかなかスーパーでスペシャルなドリームがカムなものだった。

米国育ちのお嬢で耳がいいのか4カ国語半くらい喋れて高学歴、IT大手に勤めていた気がするけど気づけばもう10年近くエロ業界系の夜のお仕事、ただ実家との関係は極めて良好で、語学を生かしてちょいちょい家業を手伝ったりもしつつ、私と同い年の2019年3月現在、未婚子なしで彼氏募集中、元彼はホスト、趣味は観劇とペット飼育。2週に1度は会う仲だが、私以上に10代温存型生活者であるのは確か。私は1年半前に歌舞伎町裏の北新宿の家を引き払ったけど、彼女は東新宿周辺に今も城を構えている。

そんな彼女といつも通り歌舞伎町の外れの汚いうえに別にツウが通うとかいうわけでもない味気ない中華屋で話していたら、話の9割はいつも通りくだらない美容話とくだらない男の話とホスクラの話とお笑い芸人のスキャンダルの話だったのだけど、1個だけ金言ぽいものがあった。

「じゃあ涼美の話を総合するとさ、バリキャリっぽく見えてる人の半分くらいは、単に男運がなかったシンデレラコンプレックスの乙女だね。でも多分主婦の半分くらいは、単に仕事に恵まれなかった学歴コンプレックスの現代人だよ。シンデレラコンプの働きマンと学歴コンプの主婦で男交換すれば?」

ちなみにそういった枠組みで彼女が自分を位置づけると、「諦める技術がなかったのがあんたとかだとしたら、諦める技術だけあったのが私かなって感じ。あんたが夜職上がったのってまともなキャリアとか結婚出産とか諦められなかったからじゃん。私、両方の幸福結構諦めてるかな。諦めてるっていうか結婚したくないしできれば仕事もしたくない」となるらしい。

彼女いわく、彼女は積極的に「結婚がしたくない」のであって「仕事もしたくない」のであって、私の場合は「結婚がすごいしたいわけじゃないけどしたくないわけでもない」「仕事がすごい好きなわけじゃないけどすごい嫌いなわけでもない」になる。

そういえば、色々諦めるのが苦手な私は、夜職を全部辞めて新聞社に入社した時も、気持ちの半分は夜職、ひいては女性職と言えるような昼職も含めて女度の高い仕事に憧れや未練があった。かつて自分がいたエロ業界や水商売の店が楽しかったというのもあるけど、別に10倍も稼いでいるわけじゃないなら、もっとモテそうな職、綺麗でいることが必要な職、合コン偏差値が高い職、女ならではの魅力を使う職を選んでもよかったんじゃないか、と。

別に新聞記者も綺麗に越したことはないけど、基本的に真面目に仕事してると髪も肌も服も汚くなっていく。対して、出張に向かう時に乗る飛行機のCAさんは綺麗だし、毎日挨拶してくれる新聞社の受付だってわりと綺麗だし、取材現場で会う女子アナなんてスーパー綺麗。当然、銀座のママも綺麗。選んだところで向こうに選ばれたかどうかは知らないけど、男性にとっての仕事がそうであるように、女にとっての仕事も、頑張りがモテにつながる方が、人生として健全な気もする。頑張れば頑張るほどモテから遠ざかるのは大変不毛だ。

そんなことが常に頭の中にあるということは、やっぱり私にあるのは男運がない意識とモテたい願望とシンデレラコンプレックス？男みたいに働く女は単に男運がないだけなのか？と、いう説は多分半分は真理をついていて、でもそれは多分半分だけで、なぜならやっぱり私たち、可愛い！素敵！とも言われたいけど、すごい！かっこいい！と尊敬もされたい。男の金で欲しいものを買ってほしいけど、自分で買えないからじゃなくて自分でも買えるけどあえて買ってほしい。もうそれは、うっかり男女が同じように扱われる学校社会で育ってしまったが故の、しかも男の一本道でいう前半部分、すなわち受験戦争やら就職戦争にそこそこ向いていたが故の、冷め切らない病理なんだろう。

そう思っている限り、苦手な恋愛と格闘しながらわりと得意な仕事の方だけで運を使っているのは結構自然で、しかも年をとるにつれ、恋愛市場、ひいては結婚市場で大変不利になりながら、仕事場ではわりと有利になっているので、もうバリキャリに見えるならバリキャリのふりをしていいようかな、という気分にもなる。全然幸福じゃないけど、得意なことが1個くらいあるんだったら、どこかで何かしら人の役にはたつだろうし、バリキャリのふりをしていれば、とりあえず2010年代の今の世界でも、一応存在は許されているんだから。

ちなみに諦める技術だけがあった夜職の彼女は今在籍している店に、もう次の誕生日が過ぎたらうちでは新規はつけられなくなるかも、と言われてるらしく、熟女店に行こうか迷っているらしい。

第3章

男とか
おじさんとか
あなたとか

Man＊Old Man＊You

PLAY / P162-169

おじいさんによる「おばさん」ディス
〜女の子はいつでもミニ年増

最愛の妻に先立たれた私の父は、いっとき命の炎がものすごく弱々しく見えるほど落ち込んでいたが、最近、もしや俺ってまた恋愛市場に戻ってこれた？という66歳の前期高齢者が気づくべきでないことに気づき、これからは誰に隠れることなく彼女作れる！娘が孫を産んでくれなそうだから若い彼女と子供作りたい！と冗談か本気かよくわからないことを言うようになった。

別にそれは彼の自由だし、大変結構なことだと思うのだが、彼女を作るにあたって彼が挙げがちな条件は、身内の贔屓目を以てしてもまったく理解に苦しむものである。

彼が理想の相手として妄想するのは、もっぱら若い女である。

少なくとも父より20歳近く年下の40代、理想は30代くらいの女で、曰く**「さすがに50代はちょっと」**。

これ、実は結構死別や離婚で独り者になったり、別に妻は健在だけど不倫相手を探していたりするおじいさんたちが平気で口にする言葉である。若い女がいい！と言う発言であれば何贅沢言ってんだ、とか思いながら聞き流せるのだけど、彼らは「できれば若い方がいい」とか言わずに、「50歳？ さすがに冗談きついぜ」と、ほとんど犬とか猫と付き合えと言われたかのようにハハハハと一蹴する。

さすがに、ってなんだ？

彼らの自分の年齢を棚に上げる手腕は見事で、その発言がシュールだとか変だとかいう意識は全然ない。**自分が還暦過ぎていようと加齢臭まみれの皺くちゃハゲだろうと、さすがに同い年の女は無理、**と、あたかも年増と付き合う選択などありえないかのように笑う。

何度も言うが自分は50代すらとうに過ぎて、高齢者料金で映画を観られるような年齢であって、50代の女性だって彼らにとっては10歳も年下の若い女にもかかわらず、彼らは自分が時に金銭など介さずとも若い女と付き合うに値する、と何の疑いもなく妄信しているようである。アンタに若い女が寄ってくるとしたら純然たるパパ活女子、もしくは美人局だよ、と心の中でツッコミつつ、おじいさんによるいまいち悪意のない、おばさん蔑視を不思議に思っている。

30代になると、周囲のおじさんたちが、俺は30代こそ魅力的だと思うんだよね、とあたかも普通の男は20代にしか興味がないのに、人間の深い魅力を知っている自分は30代を差別しない、と寛大なふりをして言ってくるようになった。

言っている本人、往々にして30代の私の倍近い年齢。あくまで自分は寛大だから、ちょっと普通のおじさんより高度な恋愛を望んでいるから、或いはしょうがないから妥協して、30代も相手にするという言い草なのだけど、**正直、舘ひろしと岩城滉一を除く60代のおじさんはこちらから見ればただの客、なぜ半分ほどの年齢の女と「妥協で」付き合えると思うのかがとても謎なのである。**

60代の男が、(ほんとは20代がサイコーだけど)30代でもいいよ、なんて言う発言はどう考えてもおかしくて、いやいや自分と同い年の女抱けよと毎回思う。

若い娘さんというのがもう本当に存在するだけで100万ドルの価値がある美しいものだ、というのはわかる。

肌も髪も大してお金をかけなくてもツヤがあるし、子宮もアソコも調子がいいし、どんなに頭がよくてもシニカルすぎないし、斜に構えずによく笑う。人気アイドルが薄化粧なのも、髪の毛を巻いたり染めたり盛ったりしていないのも、あんまり頭がよくないのも、男性が自分好みに磨いていける原石が好きだからだ。完成された絵画や彫刻よりも、真っ白な画用紙に目一杯自分好みの妄想を詰め込み、余計な知識や他の男の手垢がこびりついていない若い娘さんに、「よし僕が教えてあげよう、ドヤア」とする方が楽しいというのもわからなくはない。

ただ、若い娘が白い画用紙だとか磨いていない原石だとか、子宮の調子がいいとか、そういったことは本当に普遍性のある事実なのか、と聞かれればそれはまた甚だ疑問である。

以前、私の親友の高級デリヘル嬢のお客で、何から何まで「教えてあげる」というスタンスでくるおじさんというのがいて、曲がりなりにも慶応の文学部卒の彼女に「村上春樹っていう作家がいてね」とか、「一万円札に載ってる福澤諭吉っていう人がいるの、わかる？」とか言ってくるうえに、いざプレイを始めても、「ほら、ここ」「気持ちいいでしょ？」「我慢せずにイっていいよ」と風俗歴5年の彼女に90分間イったふりをさせるという奇行で仲間内では結構有名だった。

客の妄想に付き合うのが仕事のデリヘル嬢ですら、あまりにも露骨な「おじさんが教えてあげるよ」的態度に辟易としていたのだから、普通の女の子だったらとっくに爆笑するか逃げ出すかしていただろう。

若い女というのは基本的に自意識の塊でプライドが高く、人の言うことなんて聞く余地はないし、同い年の男性が徐々に力をつけていくさまを未だ目の当たりにしていないが故に男をなめているし、少なくとも私の場合は30を過ぎた現在の方がよほどまっさらな気持ちで人の説教を聞く素直さがある。

また、白い画用紙というのは確かに生まれたての赤ん坊であれば似つかわしいたとえではあるものの、**若いと言ったって成人女性が何の色にも染まっていないかといえばまったくもってそんなことはない。**

むしろ若い頃は、まだ見えている切り口や価値観なんか偏っているため、思い込みが激しく、極端な色に染まりきっていたり、他の色の存在を許せなかったり

する。20代を駆け上がり、30代を這いつくばり、自分が万能ではないこと、また、世の中には結構アンビバレントなことやAに見えて実はBみたいなことがある、ということを知ってから初めて、画用紙は柔軟に色々な色を映し出すようになるのであって、若さにまかせて真っ赤や真っ黄色に染まった身体は、別の色を差そうとしても真っ赤な色に負けてまったく寄せつけない。

30代や40代の女と対話するより、20代に講釈たれた方が楽しいなんていうのはオヤジの幻想であると同時に、自分より知識も経験も明らかに劣る者の前でしかドヤる勇気のない大変情けない性分が透けて見えてしまっている。

子宮の健康についても、30代になって色々と不具合が生じるようになってから初めてこまめに婦人科検診などに通うようになる女が多いのであって、お股と健康意識がゆるゆるの20代は平気でクラミジアを飼いならしていたりする。

よく男性が使う詭弁で「**男は本能で子孫を残したいものだから**」というものがあり、だから本命の彼女がいても浮気をするし、なるべく健康な子供を負担なく産める可能性が高い若い女性に惹かれるのも当然、的なロジックになるようだが、若い女とちょろっとねんごろの仲になりたいと思っている既婚者のおじさん方は、相手が妊娠した途端にオロオロして、何とか出産や認知の方に転ばないように言い訳を考えたりするので、子孫なんて残そうと思っていないのが本音だろう。

そんなわけで、若さに惹かれる男の根本にあるものは、他の男とあんまり比べられたくないと考える自信のなさだったり、脇の甘い説教に反論されたくないという情けなさだったり、若い女の子だから知識も経験もそんなにないだろうと勝手に夢想する安直さだったり、そんな、有り体に言えば男のつまらなさをごった煮にしたような性質なので、あんまり露骨に口に出さない方がスマートだと私は思う。

結局私の父も、同世代や世代の近い女性を悪意なくディスっているようで、単に自分のしょうもなさを娘相手に日夜露呈させているに過ぎない。

そもそも「さすがに」50代で妥協はできないようなことを言っているけど、実際に50代相手だからといって楽勝で口説き落とせるかどうかなんてまったくわからないし、少なくとも30代の私たち、「20代より30代の方が味があって面白いよ」なんて上から言ってくるおじさんの多くとは、無料でキスなんかしないんですよね、残念なことに。

60代
さすがに
50代の女は
抱けないでしょ(笑)
なに言ってんだ
コイツ……
おまえとか
モロ恋愛対象外
なんですけど
60代
いやー最近同窓会で
会った元同級生の人と
お付き合いすることに
なっちゃって
なんて
ステキな
人なんだ!!
私の
恋愛対象外で
あることには
変わりはないけど!!

PLAY / P170-179

買春大好き日本
〜「シロウト」女、上から見るか下から見るか

日本ほど、お金で売り買いする春が日常的に溢れている国も珍しいとはよく言われることだけど、売春婦、というか娼婦、というかプロの風俗嬢、というか、別に呼び方はなんでもいいのだけど、そこに対する捻れた好みがあるのもまた日本固有のガラパゴス文化なんじゃないかと思う。

ホステス的な、色恋は売っても身体はそんなに売らない（ということになっている）ところまで裾野を広げれば、もはや街中でそういった場所や文言、またそこに従事している女の子を見ずに歩くことは困難。

売防法があるからこそ法の隙間に針の糸通しのように細かく、布のように広範囲にあらゆる形態が研究し尽くさ

れ存在し、時代によって盛衰している。

最近は店舗型の各種風俗はやや影を潜めてデリバリー型主流になったとはいえ、細分化されたマニアへの配慮も行き届いており、SMに始まり、夜這い専門、痴漢電車専門などのイメクラ、スカトロOK、アロママッサージ付きなど、いくつもの業態が軒を連ねている。

店舗型の方は店名のシャレっぷりも冴えている。


ちなみに風俗情報誌を見るのが大好きな私が、今までで最も店名のシャレにもマニアへの配慮にも感心したのは生理中専門風俗『月経仮面』で、オススメプレイの欄の『お満月素股』の文字が頭から離れた日はほぼない。これ、月に5日間休暇を取らざるを得ないソープ嬢とかの生理中の稼ぎになるため、女の子に対する優しさにも溢れた形態であったりする。

私が高校時代に渋谷で見かけた『月に変わっておシゴキよ』という店名もサイコーだったけど、最近、20歳の男にその店の名前を呟いたら、元ネタがわからないというリアクションをとられてとても寂しかった。

小悪魔アゲハ以降、春やら色やらを売る女性がファッションリーダーとなり、SNSの隆盛を受けて、もはやAV嬢が男性だけのアイドルでなくなったことなんかが驚きとともに語られるが、思い出してみれば、花魁は呉服屋の広告塔だったわけで、別に目新しいことでもなく、**華やかな日本のファッション文化は今も昔も娼婦とともにある。**

さて、そんな買春天国、変態天国の国に生まれ落ちているのにもかかわらず、いや、いや、もしかしたらそんな国に生まれたからこそ（？）**日本の男の人というのは、プロじゃない女、いわゆる「シロウト」女が大好きである。**

いや、売春婦を買うより純粋で美しい女子大生と恋に落ちたいというのは別に珍しくないというか、そりゃそうだと思う範囲なのだけど、春を買う現場にあってなお「シロウト」という文句に弱い。

だからこそ、シロウト専門風俗とか、「うちの交際クラブに登録しているのはみんなシロウトの女の子です」という、近代稀に見るほどの語彙矛盾が巷に溢れている。

女子高生売春を「援助交際」、店舗を介さない売春を「パパ活」なんて呼ぶ、日本語の豊かさを思いっきり堪能した呼び替えもまた結構風情がある。

関係ないけど以前イギリス人のゲイのおじさんに援助交際という言葉を教えて、直訳ってなんだ、と考えてとっさにヘルプデイトとか言ったら、女子高生が介護が必要なおじいさんの手を引いて観光などをするなんだかとっても微笑ましい光景を想像されて困った。

そいつはさらに、デリバリーヘルス（直訳すると宅配健康）という名を聞いて、らでぃっしゅぼーや的な有機野菜か何かの宅配サービスだと思ったらしい。聞いてないけどソープランドだったら世界各国の可愛い石鹸を集めた石鹸天国みたいなお店を想像するんだろうか。厚切りジェイソンじゃなくてもホワイと言いたくなるこの独特の隠語は、ぜひ国語の授業でディスカッションしていただきたい。

話を戻すと、つまり日本人男は世界稀に見るほど春やら色やらを買う人たちでありつつ、同時に世界稀に見るほどシロウトフェティッシュでもあるということ、要するに「シロウトを金で買いたい」ということになる。

当然、その需要に合わせて、女の子もアイアム・ノット・娼婦、アイアムパパ活嬢、と自己紹介する。

ホワイジャパニーズピーポー？金で買えている時点でシロウトではないんだ

けど、なぜその矛盾に気づかない。シロウト風俗嬢、清純派ＡＶ女優という語彙矛盾をなぜ不思議に思わずチンコで受け止める？

ホワイ？

どうしてキャリアもサービス精神も具体的な技術も上回るベテランソープ嬢より業界未経験初出勤の新人に、カメラワークに気を遣った腰の振り方バッチリな大御所ＡＶ嬢より20歳の新人女優に、より高いお金を払う？

ホワイ？

「お金で買えるシロウトが好き」という大変矛盾したメンタリティは、またさまざまな好みへと発展する。

魂をぶつけ合うような恋愛（したことないけど）はちょっと別だが、暇な下半身をぶつけ合う際に、相手はナンパした子や同級生や同僚ではなくて、お金で買った女がいい、というのは、

①人間的な付き合いの面倒くささがイヤ
②対等な関係がイヤ
③金を使わずに女を抱く自信がないしそんな現実を知るのがイヤ

の合わせ技なのだと思うけど、ベテランやプロっぽい人じゃなくてシロウト風味がいいというのは、

①自分より経験値や技術で上回る女はイヤ
②業界に染まった女はイヤ
③お客扱いされるのはイヤ

の合わせ技と言えそうだ。

「お金で買えるシロウトが好き」は大変矛盾した好みに見えて、単に二重の意味で女にフラれたくないし、しつこくされたくないし、バカにされたくないし、**できれば対等じゃなくてこっちが威張りたいという、わかりやすい趣味と言えなくもない。**

恋人同士でもセフレ同士でも、お互いがウィンウィンの関係になる必要があって、そうするとこちらが悦びを得た場合に、女を喜ばせることも考えなきゃいけないのだけど、それを**オカネでチャラにできるならそれほど楽なことはない。**

おじさんが教えてあげる、と上から目線で威張りたいけど、そんなの知ってるしむしろ古いとかバカにされたり反論されたくはない場合、お金を払っていればお客様だから失礼なことはされないという安心感を得られるし、業界経験の浅いシロウト女なら、たとえ彼女の方が専門のセックスの分野、風俗の分野においても自分の方が多少講釈たれることができる。

しかも業界に染まりきっていないから、お金をもらっているから礼を尽くすべきという玄人的考えは持ちつつも、お金でしか人を見ないような冷たさはまだ持っていなそう。とにかく、実力のある女を対等に相手して負かすのではなく、実力のなさそうな女にはじめっから明らかに勝ちたい。

そういうメンタリティは当然、ごく自然にロリコンに変形するし、御局様より新入社員のがいいという好みに発展するし、お前のために稼いでいるんだからお前は愛嬌と色気忘れるな（↓これも元ネタがわからないと言われた）と言えば黙る低収入女がいいという好みにも発展する。

当然、売春の現場ですらセックスにおいて上に立たれるのがイヤなら、自分の本領発揮場所、経済界や企業や社会で自分より優位な女だって基本的にはイヤだろうし、自分がそこそこ自信を持ってる箇所（学歴とか運動とか）で上をいかれるのもイヤ。

あら、これでまたキャリアと収入と経験値のあるアラサー女のモテない理由が出来上がっちゃったわ。

こういう話をすると必ず、いや別に俺は威張りたいとか思ってないしバカな女が好きなわけでもないし風俗行かないしとか言ってくる男がいて、その先に、**知識と経験はあるけど知識と経験しかないおばさんの遠吠え**……的な反論が待ち構えているのだけど、そういう男と付き合ってみると、彼の場合には特殊なところに似たようなプライドが偏っているだけだったりして（例えば映画に詳しいとか外国語が堪能だとかサブカルを知り尽くしているとか）、やっぱりその場面では女が偉そうな口をきき、結構な知識を披露すると途端に卑屈になるか逆ギレするかしてくるので、あんまり信用していない。

こうやって私たち30過ぎの女が日本でイマイチモテない理由をくどくど書いてみせても生産性がないけど、では生産性のある話を一点。「シロウト」売春婦、その名も援交女子高生、シロウト店風俗嬢、パパ活嬢など、そう名乗る人たちというのは、プロ意識のなさ、のようなところに存在意義があり、また好かれる理由があるのだけど、そういうイメージとは別に、あるべきところまでプロ意識が欠如していて、往々にして性病検査を受けていなかったり、イソジンを持ち歩いていなかったり、避妊具装着が甘かったりするので、心地よく安心して威張る至福の時間の代償として、性器にブツブツなどできぬよう、世の殿方にはぜひともお気をつけいただきたい。

イメージというのは怖いもので、シロウト感溢れる女子大生パパ活嬢よりも、百戦錬磨の吉原のベテランお姉さんの方がよほど性器に関しては清潔であります。

WHY? JAPANESE PEOPLE!?
シロウト風俗嬢
ゆうな(23)
B86
W58
H82
細身のくびれボディと
美乳Dカップに美脚!
ちょっと天然な性格が
癒し系♡
ご予約はお早めに!!
清純派AV女優
新人
Fカップのスレンダーボディ!!
DEBUT

PLAY / P180-191

男と女、それぞれの成功論
～あの鼻を折らすのはあなた

欧米に比べて日常がそれほどカップル文化に侵されていないニッポンは、明るく生きるおひとりさま、こと私にとっては居心地がいいのだけど、そんなニッポンだからこそカップル日和な日というのがあって、この年になってもなんとなくクリスマスの過ごし方がよくわからない。

別に家にいて仕事でもしていればいいのだけど、3年前に3日ほど年末進行の原稿の大詰めをしていたら風邪をひいて、すっかりなくなっていた日付感覚と時間感覚を携えて、当時の家から最寄だった六本木のミッドタウンクリニックに薬を取りに行こうとしたら、下界はクリスマスイブの夕方で、イルミネーションを見る行列の交通整理をしていた警備会社の職員に、こちらに並んでくださーい、とカップルの塊とともに誘導され、違うんです、私は電飾の発光を見るためではなく医者に診断書発行してもらうためにきたんです、と誤解をといて、意外と人のよかったそのおじさんに案内されながら、スッピンマスクにスウェットにダウンコートという出で立ちで、振り絞るほどオシャレしたカップルの波をかき分け、クリニックのあるビルの下までミッドタウン道中膝栗毛という喜劇を演じた経験があるので、**年の瀬にあんまり世間と断絶して暮らすのもよくない、と身を以て知っている。**

というわけで2018年のクリスマスの3連休もまた、飲み会、友人たちと日帰り温泉、女友達とレディースサウナ、など巧みな処世術で、何か深いことを考えるわけでもなく、孤独も感じず、かといって恋人たちのクリスマスとはうまく棲み分けをした良いクリスマスを過ごしたのだけど、その締めになんとなく深夜の新宿で、レディー・ガガ主演の新作映画『アリー／スター誕生』を観ることになった。たいした事前情報もなく、別にクリスマスともあんまり関係がないし、ブラッドリー・クーパーといえばハングオーバーだし、スター誕生と言うくらいだからマイ・フェア・レディとあまちゃんとコーラスラインを足したような、明るいバックステージ物語だと勝手に想像し、ほろ酔い気分で観るにはよさそうだね、なんて適当な流れで観に行ったのだが、開けてびっくり、思ったよりハッピーでもないし、結末は暗いし、嫌な共感があるし、男にも女にもイライラするし、これならラブ・アクチュアリーのリバイバル上映でも観て、性なる夜、じゃないや聖なる夜に自虐的な気分になる方がまだよかった。

ショーパブで時々ステージに立っていた歌の上手いウェイトレスが、偶然著名なミュージシャンの目にとまり、恋人関係になりつつ彼のステージで歌ったことがきっかけでスターへの階段を上り出す。と、ここまではいいのだが、彼女がどんどん成功を掴み、彼のステージのおまけという立場から独り立ちするに従い、彼の方はドラッグと酒にさらに溺れていって、そんな彼を横目に自分の成功に夢中なガガちゃんは階段を駆け上がるのに必死。

なぜ彼が自分の成功を単純に喜んでくれないのかイライラが募り、暴言を吐く彼と喧嘩しまくり、その度に酒に溺れる彼。要するに単純でアホくさくて楽しいスター誕生系シンデレラストーリーではなく、男と女の成功と恋愛と嫉妬の本質をわかりやすく描いたヒューマンドラマなのである。クリスマスの夜更けにビール片手に目の当たりにしたい内容ではない。

男は女の成功を自分の成功のように喜び受け入れる性質に根本的に欠けている。

彼氏がクサクサした日常を送っている時に、自分の小さな成功など報告しようものなら、

「すごいですね、俺なんて」と嫌味っぽくいじけられるか、

「あー、新人の頃は俺もそういうので喜んでたわ」とさらに嫌味っぽく見下されるか、

本気で病まれるか、

どうでもいいことでキレられるか、

頑張ってるね誇りに思うよ、とか言いつつ、陰でモニカ・ルインスキーと浮気されるか、

「俺はそういう商業的な考えってどうかと思うんだよね」となぜかいきなり無頼

派っぽい立ち位置とかから大きく批判されるか、
「そんなことより、洗濯物生乾きで臭いんだけど」と話題をすり替えられるか、
「おーしゅごいしゅごい頑張りまちたねー」とものすごい上から目線でバカにされるか、
なぜか男友達に悪口を言われるか、エトセトラエトセトラ。

とにかくこちらから見ても気の毒なほど、彼らの自尊心がぐらぐらに動揺し、動揺を隠すために必死に取り繕うのだが、いかんせんギリギリの自尊心が悲鳴をあげている緊急事態なので、取り繕う様子がまた滑稽、という気まずい事態に陥りやすいのである。

この挙動不審は意外と、「女は俺の後ろをついてこい」なんていう昔ながらの亭主関白チックな男ではなく、「専業主婦になりたいっていう子よりしっかり自分の仕事を持ってる人が魅力的だよ」なんて**軽めの男女同権主義を装っていたり**、「女性って男より本当は全然優秀だと僕は思うよ」なんて女性尊重発言をしてみたり、「今時、女の人が部長になれない会社なんて成功するわけないよ」なんて**時代遅れの家父長制男じゃないよアピールをしてみたりする男**に顕著に見ら

れる傾向だったりする。

女の人の成功は素晴らしい――それが自分のオンナじゃなければ。
女性活躍万歳――それが自分より大きな活躍でなければ。
男女同権賛成――自分が下の格差が生まれないなら。
自分の成功は嬉しいが、自分のオンナの成功は小さい方が嬉しい。

自分の事のように嬉しいなんて思わない。

と、ここまで書いておいてなんだが、何も私は、女が人の幸福をすべて喜べるほど性格がいいなんてまったく思わない。
自分は何の被害も受けていないのに、隣の子が幸福を掴んだら憎たらしいと思うし、自分の彼氏より後輩の彼氏のスペックが高ければ別れろと呪い、相手の才能や努力を無視してずるいとか不公平だとか文句を垂れる。

ただ、自分の恋人や旦那の成功を苦々しく思う女は少ない。

なぜか。

女は自分の男の成功を、自分の成功と見紛う能力があるからだ。

若い頃、自分は何一つまだ得ていないのに、お金と車と高級マンションを持っている彼氏ができただけで、態度がでかくなる女って結構いる。

恋人の稼ぎがいいという理由で、自分はビジネスクラスに乗る価値があると簡単に勘違いできる。

旦那が成功しているという理由で、講演会まで開いちゃったり。

すごいのは彼氏で稼いでいるのも名誉を得ているのも彼氏なのに、なぜか自分もセレブの仲間入り気分。月給20万でも移動はタクシー。

自分のオンナの成功を自分の喜びと思えない男。

自分のオトコの成功を完全に自分の成功と思い込む女。

この性質がある限り、結局女は成功しない方がいいってことになる。

成功気分がほしければ、成功しそうなオトコの恋人におさまればいいわけだし、間違って成功してしまえばうだつの上がらないオトコをアル中にしてしまうし、オトコをアル中にしない程度の小ぶりで程よい成果をあげつつ、オトコのコンプレックスを刺激せず、生意気な感じを出さず、プライドを満足させてあげるべく気を遣って……とやるくらいなら家でドキュメンタルなどを一気鑑賞してのんびりしていたい気もする。

女は可愛くてバカがいい、というのはかなり普遍的な好みであって、そもそも35歳独身女が華やぐ街のイルミネーションから逃げ込むように映画館に入るクリスマスだって、そもそもバージンなままのメアリーが大成功する男を産んだ記念日だ。処女から生まれた子なんかより、1万人のオトコを知る女から生まれた子の方がありがたい感じがしないでもないが、バージンメアリーはバージンであるからこそ性的、じゃないいや聖的なわけで、少なくとも

２千年以上続いた男の幻想が、サラブレッドな首相が女性活躍社会を謳ったところで打ち砕かれない類のものであることは確かでありましょう。

問題は、少なくとも18歳くらいまではほぼ男と同じ本を読み、わりと自然に男と机を並べて勉学という名の暇つぶしに勤しんでしまった我らは、**可愛くもありたいが尊敬もされたいというとても面倒臭い欲望を持ち合わせていることだ。**

これは、奥さんも仕事を持っていてほしいが、自分を超えることはしないでほしい、とアンビバレントな方向に突き進んでいる男の面倒臭さといい勝負をするくらいには厄介なことである。

かつて金麦のCMで憧れいが着ていた、いかにもモテそうな野暮ったい服を着るか、センスとスタイルがありつつコスパと男受けが極めて悪い服を着るか。

男を超えようとしない無害な女を演じきるか、すごいねさすがだねと言われる仕事人生を孤独に歩むか。

カマトトぶって正常位ばかりして男に愛されつつも浮気されるか、性の奥義を披露して別の女を愛している男に一晩だけありがたがられるか。

考えなくてはならないことは山ほどある。

そんな悩ましき二面性を抱えて右往左往するのは現代女の宿命ではあるし、そこに女として生きる楽しみとおかしみがあると思わないとやってられないが、ちょっとだけトリビアルなことを付け加えると、水商売やエロ産業の匂いの強い女は、比較的、どんなに稼ごうと有名になろうと、男の嫉妬を煽ることが少ない。

今や女は男にとって、現代的な意味で自分と同等のライバルでもあるわけで、単なる加護の対象ではないが、依然として性の対象ではある。

女体として強く認識されると後者が強調されるのか、前者の意味を失いがちらしい。

男の情けなさを嘆くのも楽しいが、そうしているだけだと幸福がやって来なそうなので、ここは一つ女の機転をきかせてうまいこと男の鼻を折らずに粛々と我が道を極めるくらいの工夫は必要かもしれない。

とりあえずパンツスーツなど着ずに、なるべく面積の小さい服にウルルンぷっくり唇とプルルンむっちり谷間で偽装しておけば、男は私たちの性的対象としての特徴に集中して、私たちが彼らと似たような成功を手にする可能性があることなど忘れてくれるかもしれない。

プルルン。

自分のオンナの成功を自分の喜びと思えない男
私の企画コンペ通った〜!!
そんなことより洗濯物生乾きで臭いんだけど
自分のオトコの成功を完全に自分の成功と思い込む女
いやいやエコノミーとか無理でしょ(笑)
月収20万

PLAY / P192-201

男のロマンチック体質 〜メンヘラおじさんの純情な感情

「俺が変に力持っちゃってるからいけないのもある」

と、ある若めのおじさんがわりと本気で落ち込みつつ、そんなことを言った。

そして歯切れ悪く続ける。

「こっちだって、もちろんそんな俺と付き合うんだから、何にもお土産持たせないで帰らせるなんてしないし、美味しいもの食べさせてあげたいと思うし、タクシー代だって出すよ。まったくゼロゼロの関係だと思うほどロマンチストじゃない。仕事だって力になれる部分があれば協力する。最初からそれ目当てだな、ってやつにはなるべく手を出さないけど、そのうち俺と付き合ってるんだからこれくらい当たり前ってなっていくよね。そうすると、そもそもそういう生活したいから、とか、仕事にもプラスになるから付き合ってたんだろうな、って思っちゃうし、感謝されたいわけではないけど、うーん。なんか、バカらしくなっちゃうんだよね」

　最近、若いモデルだかアイドルだかよくわかんないやつと別れたといろ、さらに若めのおじさんもこんなことを言っていた。

「好きな子に何かしてあげたいとは思うけど、それが付き合う目的になっているとしたら、冷めるよね」

　モテ関数において、顔や若さや乳の張りなど、時間の経過とともに失われがちな要素が重要な変数となる女と違って、学歴やお金や肩書きなど、時間をかけて積み上げられるものが多い男はいいな、と思うのだけど、おじさんたちの恋愛を見ていると、そう単純でもないなと思う。

　と言うか、それらでモテるということがどれだけ幸福なことかわかってないおっさんが多い。頑張って頑張って積み上げた財力や権力に異性が寄ってくることを素直に喜ばず、歯切れの悪い御託を並べる。

キャバクラ嬢時代、最も面倒臭い客は「結局お前が好きなのって俺のお金だったんだよな」と言って病んでいくヤツだった。

いい女を高級車の助手席に乗せて、いいホテルで女の上に乗るために頑張ってきたのではないのか？　いざそれができるだけの経済的余裕を得て、手始めに入ったキャバクラで、「この女が好きなのは俺自身じゃない。俺がここに通うお金がなかったらこの女は俺のことなんて相手にしない」と病んでしまったら、積み上げてきたモテ要素たちが泣く。

キャバクラ嬢なんてしていると、もちろん男の値踏みは冷酷で、ほとんどの場合はおべっかと営業の笑顔ではあるけど、それでいいと思って門をくぐるわけだから、おべっかと営業と、自分の名刺に色めき立つ若いキャバ嬢のアホヅラを存分に楽しめばいい。**両手に巨乳とスレンダーを両方抱えてシャンパン開ける未来を一度も夢見なかったわけではないだろうに。**

それで、千分の1くらいの可能性でたまたま彼女が自分を好きになることを夢見るのもいいし、ただひたすら5万円のシャンパンでボディタッチが増えるおかしみを味わってもいい。5万円の笑顔は5万円出さないと引き出せないし、だからこそお金というのは稼ぎがいがある。

一線を越えて恋愛になればさらに面倒臭くて、「もし俺が貧乏になったらお前は俺を捨てる」ということを言葉を変えつつ呪いのように言ってくる男は結構多い。

キャバクラで出会ったらその割合は9割で、キャバ嬢の頃に普通に出会った男でもその割合は7割で、昼職をしていて普通に出会った男でも5割くらいはいる。「そんなことないわよー」と言うしかないし、そう言われたくて聞くのだろうが、その答えしか返ってこないのだから最初から聞かなきゃいいのに。

「人間不信だよ……」なんていうのはそんな、ちょっとお金と権力のある男が、どこかしらで一度はつぶやいたことがある言葉だろうが、**人間不信というのは、それに陥った人間ではなく、その周囲が迷惑を被る病理**である。

22歳の頃に付き合っていた飲食店経営の小金持ちな男は、まさにそんな男だった。

顔は中の下、運動神経が悪く、おそらく小中学校ではモテずに高校は男子校だった。ほぼ童貞の状態でいい大学に入り、それでもそんなにモテず、自分の持って生まれた資本を後天的な資本で補って女にモテようと、大学時代もちゃんと勉強して税理士の資格を取りつつ、若くして起業してなんとか軌道に乗せ、頑張ってベンツのゲレンデに乗って、頑張ってわかりやすいアルマーニを着て、頑張って女にヴィトンとか買う。

　そうやって結構モテるおじさんになってなお、女がヴィトンやベンツに喜べば、**この女は金目当てなんじゃないか、俺の本質を見てくれてはいないんじゃないか、という妄想に取り憑かれて卑屈になり、**かと言って自分の魅力の源泉であるお金を使った愛情表現をやめる勇気はなく、グッチを買ってはまた病む。

　あれからもうすぐ15年、きっと今頃ラウンジで見つけた女子大生にブツブツ言いながらルブタンでも買い与えているであろう。

　あるいは大学院卒業間際に仲良しだった銀座のお客。

　結婚はしているものの、若い時にお見合いでした結婚相手だけでは飽き足らず、銀座のヘルプを中心に、若くて可愛くてそんなに強欲じゃなさそうな女を見つけてはほんのり恋に落ちる。この外資系保険会社の重役、実はよく見ると清潔ないい男で、時には女の方も好意を寄せることがある。

　私もその一人で、現に別に彼から売り上げなどまったく望んでいなかったのに、勝手に店に来ては「**おじさんはこれくらいしないと相手にしてもらえないの**

わかってるんで」と無駄にワインなど抜いてお金を使い、「おじさんの魅力は諭吉くらいだから」となぜかデート帰りに万札を握らせてくる。

そのくせ「俺はお客だよね、きっと彼氏いるよね」と微妙に探りを入れてきて、「素敵だと思ってますよ」と言っても、「うまいなーもう」とか言って何を予防するのかよくわからない予防線を張って、あとでもう1回メールで「1%でいいから好きって思ってくれてたら嬉しいな。それもだめ?」と聞いてくる。

風呂に入っていて15分返事が遅れると「なーんて、店で会えるだけで嬉しいよん」と、この15分でアンタいったいどんな脳内ドラマを駆け巡ってきたんだ?と思うような自己完結したメッセージが入っていたりする。

あれから10年余、今頃きっとパパ活嬢相手におずおずと探りと予防線のメールを送って自己完結しているだろう。

まあどちらも結果お金を使ってくれるんだから、キャバ嬢としてはありがたいし、メンヘラメールの相手くらい、時給2万と思えばいくらでもするのだけど、なんか惜しいな勿体ないなと思う。

その卑屈さがなければ幸福はすでに手に入っているのに。

50メートルのタイムとサッカーボールのリフティングくらいでモテ認定されてしまう小学校時代は別として、**男のモテは金持ちに限らず後天的要素が多いわけ**で、それがわかりやすく社長とか弁護士とか医者とかいう職業の場合もあれば、収入の場合もあれば、詩的な表現がうまいとか斬新な焼き物を焼くとかそういう特殊技能の場合もあれば、ピアノや小説の才能の場合もあれば、清潔感とノリのよさという場合もあれば、マメさとか口説き文句の場合もある。

そうやって小学校時代にモテなかった90％の男が何かしらのポイントを貯めようとあくせく努力した結果として日本の高度経済成長はあったし、彼らの汗と涙のうえに医療技術の進歩やものづくりの発展もあった。

だから誰かが整えた平らな道路を走って誰かが作ったマンションに住んで誰かが作ったテレビ番組で笑っている私としては、男たち、ありがとうって感じなのだけど、彼らがメンヘラ化してどうせ女が好きなのは俺が後天的に積み上げたポイントであって俺自身じゃない、なんて言っていると、彼らが幸福になるためにするべきであったのは道路やマンションや番組を作ることではなく、50メートルのタイムを速くすることだったのか？と非常に不可思議な気持ちになるし、そのような結論だと道路が増えないのでよろしくない。

いったい何を愛でられると彼らは満足するんだろうか。

確かに女も卑屈かつメンヘラになって、聞いてもしょうがない質問で相手を困らせることはある。

「あなたが好きなのは私の顔だけでしょ」

「身体目的でしょ」

「女子大生と付き合ってるってことだけが楽しいんでしょ」と。

ただ、それは顔も身体も若さも、確実に今から衰えていくからだ。

だから「え？　違うの？　じゃあ証明して？　結婚して？」と、なるべくギリギリの若さと美貌が残っているうちに高値で売り払いたくなるのであって、「私がオバさんになっても」と私たちが半泣きで歌っていたヒリヒリした切実さは「俺が貧乏になっても」と歯切れ悪く試してくる男の面倒臭さと同列ではない。

おばさんには確実になるんだから。

冒頭に戻って、最近、かつてキャバクラのお客だったメンヘラ男たちはいつのまにか同年代になっていて、お酒を飲みながらすでに若さと乳の張りをなくした私に、「まぁあの子は野心だらけだから、俺もステップアップのための道具だったんだよ」と泣き言を言ってくるのだけど、泣きたいのは確実にこっちであって、50メートルに9秒もかかっていたお前は権力と財力に寄ってくる女との、お金はかかるけどそこそこ楽しい時間に甘んじて、よく働いてくれ、と心から言いたい。

だいたい、お金がかかっても女子大生と付き合いたい、と思っている誰かさんたちがいるからこそ、とても心配だわあなたが若い子が好きだから、なんて歌わないといけないんだから。

若い頃モテなくて後天的にモテを手にした男
若い頃からモテてて今も金を稼いでてモテる男
女はみんなどうせ俺の金が目当てなんだろ…
女なんて信用できない…
俺は金持ち!! だから女にモテる!!
イエーーイ!!

PLAY / P202-213

箱入り娘とマザコン男の不思議な相性
～例えばママがいるだけで

2年ほど変な男と付き合っていた女友達が、最近ようやく別れを決意したのだけど、その別れ方も結構変な感じで、全体的に変な2年間だったね、と結論づけていたところ、別れから3ヶ月ほど経ったところでその変な男の変なところの謎が半分ほど解けた。

どういう風に変だったかというと例えば、社宅の契約が切れるからと自分の方から彼女に同棲を持ちかけておいて、不動産屋も回っておいて、契約直前になって何の断りもなく自分だけ都内の実家に引っ越したり。

当然、自分の目黒の家を解約しかかっていた彼女は焦って不動産屋に連絡して解約を取り消さなければいけなくて面倒なことになったのだけど、「どうして急に気が変わったの？」と聞いてもごにょごにょしていてイマイチ理由がよくわからない。

あるいはクリスマス休暇に短期の海外旅行に行こうという話になって、仕事の予定が確定したら予約をするから、と彼女が念を押しても直前まで何の連絡もよこさず、しびれを切らした彼女が、もうあと1週間しかないから早くしてくれない？とラインを入れると未読スルー。

忙しい男ではあったけれど、仕事柄、どんなに遅くとも1週間前まで休みの予定がたてられないことは今までなかったので、何か事故でもあったのかと心配していたところ、旅行は行ける、とだけライン。

3泊にするか4泊にするかとか、彼女のカードで予約をしてしまっていいかとか、そんな連絡もいちいち半日ほど無視してから返してくる。

結局、彼女が独断で予約して何とか旅行は実現したものの、「何か特別忙しい仕事があったの？」と聞いてもごにょごにょしている。

週末に何となく会う約束をしていても、なぜか2〜3日前から連絡がつかなくなることがたまにあり、当日も何の言い訳もなしにスルー&ノーショウしておいて、こちらが気を遣って全然関係ない話題で2日後くらいに連絡すると、「ごめん、立て込んでた」なんて言ってそこからまた普通に戻る。

どこの誰が5日間もの間、1通のメールもできないほど立て込むんだと周囲は思うけど、彼女の方は結構甲斐甲斐しくて、忙しいビジネスマンだから、と何となく許してきた。

他にも、実家に連れていきたい、と向こうから言っておいて、半年以上実現されなかったり、結婚を匂わせる発言をしておいて、それもまた一向に実行されなかったり。

周囲は彼女ほど優しくないので、実は既婚者なんじゃないかとか、二股してるんじゃないかとか、そもそもプロフィールが嘘なんじゃないかとか、実は金目的とかで騙してるんじゃないかとか、実はスパイなんじゃないかとか、陰謀説からゲイ疑惑まで色々考えたのだけど、結婚もしていないし、どうやら女の影もないし、騙すにしてはお金はほぼほぼ向こうが負担してくれるし、スパイと言っても私の友人は化粧品メーカーの宣伝部でそれほど国家機密は握っていない。

会っているときはベタベタに彼女に惚れている様子で性欲旺盛。ただ、時々なぜかわざわざ外に出てヒソヒソと電話をしたりする。イマイチ何を考えているのかわからなかった。

結果、原因不明の音信不通が10回目くらいになった時に、彼女はこの先について問い詰め、それに数十回目のごにょごにょな返事が返ってきて、彼女の方から別れを告げた。

別れてしばらくして彼女の友人がたまたま繋がった、彼をよく知る人物に聞いた話と、今までの彼の行動と、私の勝手な妄想を色々織り交ぜて推測するに、結局、彼は**自分の母親と過度に距離が近い「マザコン男」だった**のでした。

社宅の契約切れでふわっと登場した同棲計画も、母親の反対と「実家に一度戻ってきなさい」の一言でたち消え、旅行も母親の予定や意見を待っていたから直前まで決まらず、週末なども直前に母親に用事を頼まれでもしたら急に都合が悪くなる。

彼のごにょごにょには母親の過干渉と母親への気遣いなどが含まれていて、彼のこそこそは母親とのコミュニケーションだったというわけ。

何というか、ちょこっとだけ納得なのは、彼が少なくとも2年間恋人として選んでいたのが、働き者で優秀でありながらも、清潔で遠慮がちで育ちのよい女だったことである。

男なんてみんなそこそこマザコンだとは思う。

そもそも、飲み屋のマダムを「ママ」(=お母ちゃん)なんて呼ぶのは、男が情けなさを許し抱擁してくれる聖母を求めているのをよく表している(ちなみに男は銀座のクラブでお金を払って「ママ」に会い、女はお金をもらって「パパ」に会うというのはちょっと皮肉で面白い)。

ただ、別れの原因になるほど実害のある過度なマザコンというのは恋人の浮気やDVに比べてそれほどちょくちょく聞く悩みではない。でも時々目の当たりにすることがあって、そういう場合って、

なぜか悩みを打ち明けてくる女の子が清潔な箱入り娘なことが多い。
　何ででしょうね。

　過度のマザコンという人は大体母親という存在が自分の中で大きすぎるから、味だとか色だとかいうのは母親で十分満たされていて、母以外の女性はなるべく濃い味系は避けたい、とかそういうことだろうか。

　母親と自分の重要な関係や貴重な時間を邪魔してこなそうな優しくって控えめな感じがいいのだろうか。母親の意見を優先するため、ゴリゴリ意見を押してこない人がいいのだろうか。

　まぁどれも多少はありそう。

　昨年、スピード離婚した同い年の知人も、超美人で稼ぎがいいわりに、派手な装飾とは無縁な清潔お嬢様で、相手の男性は家電の買い替えすら母親の意見を仰ぐマザコン男だった。すごいのは、**夫婦で旅行はしないのに、休みには母親と2**

人で旅行に行ってしまうとか。

そういえば最近よくテレビでお見かけする、日本のプリンセスが惚れた件《くだん》の男も、母親が男からいただいたお金で揉めていながらも母親を擁護する感じとか、そもそも母親の元婚約者さんとやらが公表した彼からのメールにある母親をよろしくとかいう感じとか、マザーがコンでしょうがない感じがするのだけど。

何かに過度に執着するということはその対象に対する客観性を著しく失うことであり、自分自身の執着心に対する客観性も失うことでもあり、対象のためにはほかの事物に対してどこまでも冷酷かつ非常識、非人道的になれることでもある。

私の友人がフッた、かのマザコン男もまた、母親からするといい子という評価であっても、他者からすると非常識なダメ人間になる。

なおかつマザなコンの人って、北野武が映画や小説でくだらなくて残酷で横暴な男を描きながら、女はリアリティがないほど神聖なものとして描くのと似て、女に対してややこしく神聖視しているところがあるので、マザーへの過度な忠誠を邪魔せず、なおかつ女への幻想を崩さない、箱入り娘が選ばれがちというわけだ。

女が、思っている以上にグロテスクで意地悪で強欲な存在だなんて思いもよらなくて、そこが本来的な女の魅力だということももちろん知らないままに。

運悪くこういう男に選ばれると忍耐だけを要求されてたいしてよい結果を生まない。母親が死に、自分が彼の息子の母となって信仰の対象がこちらに移るのを待つか、とっとと別れるかのどちらかしかない。

しかし、みんなが多少は持っているマザーをコンする特性を、異常なまでに育ててしまうそもそもの原因は何かと考えると、母親のキャラとか父親のキャラとか色々あるのだろうけど、**早い段階で女への幻想がとけず、常軌を取り戻すというか正気に返るということができなかった、**というのが大きい気がする。

そして自ずと自分の幻想を崩さない女を選ぶようになって、マザーの影響力を超えるような刺激に出会わず、さらにその傾向が強化されるという悪循環がある。

たまにロリコンとマザコンとどっちがましかなんて話になるが、こうやって考えると、母親の言うことを疑わないような男と、陰毛のかけらもない幼女や２Ｄの女子高生に熱をあげる男と、その成立過程はほぼ一緒であって、どっちに転ぶかはそれこそ母親のキャラとか生活環境で変わるだけって気もする。

さて、そんな夢見る乙女並に面倒臭いママ好き男なんていうのは、勝手にママと心中でもしてくれ、と心から思うのだけど、今年36歳の私はだいぶ謙虚になっていて、男のストライクゾーンは広いにこしたことはないし、ただでさえ少ないお相手の男を属性で狭めることはしたくない。

というわけでマザーをコンしている男もロリでコンしている男も何とかお相手が務まる程度にカスタマイズしたいのだけど、２Ｄの幼女や聖母マリアを私が凌駕できるもの、といえばはっきり言ってセックスしかない。

以前アニメにしか興味がない男と話していた時、私が生身の女の予測不可能な魅力を語れば語るほど「気持ち悪い」「毛穴が嫌だ」と生々しい女への嫌悪をあらわにされたのだけど、少なくともＶＲセックスがまだまだ高額な昨今、テンガやバージンループにはない意外性をもってオルガズムをおびき寄せることができるのは、２Ｄ幼女でもマザーでもなく、箱入り娘以上に辛酸とおちんちんを舐めてきた私たちである。

ちなみに私の随分年上の知り合いで、ものすごいマザコン男を教育し、マザーよりも彼女の言うことを信じるように変えたツワモノがいるのだけど、「オペラや舞台に連れ歩いただけよ」という彼女の攻略法がイマイチ現実味がないので、私は密かに彼女のフェラチオのテクニックがすべてを凌駕したのでは、と推測している。

そういえばＳＡＴＣで医者と結婚した美術商の女が、その男と母親の過度な相互過干渉を断ち切ったのも、偶然だが母親に朝のセックス場面を見られてしまってからだった。

というわけで、私は最近、ＡＶ女優時代以降、まったく興味がな

かった男のアナル開発について真面目に考えているのだけど、「グレのママが昨日さ〜」とかいう男の何気ない一言が耳に入ったりすると、銀座グレで美人ママのおっぱい吸ってる男の映像が脳裏にリフレインされちゃって殺意と吐き気しか起こらないので、やっぱり**マザなコンは家から出ないでほしいとも思う。**

2Dの幼女や
聖母マリアに打ち勝つ存在ー……
それはセックス!!
わっせ わっせ

PLAY / P214-223

謝らない男たちが守りたいものとは
〜僕のゴメンネのぼろよみ

立ち退かない市民に火をつけろと言った市長が一瞬お茶の間の話題をさらったが、すっかりショボくれて、あからさまに後悔と反省をして、しかも自分の非を思いっきり認めて謝罪をしたものの、謝っただけでは結局誰にも許してもらえず、とにかく一旦は辞任を余儀なくされた。

正直、その場で反論せずにこっそり録音してちょうどよい時期をうかがってマスコミに売りつける職員の男気ゼロっぷりも見上げたものだが、**パワハラとセクハラはされたもの勝ち、が常識の2010年代**においても、後から謝ることになるような発言をキレた勢いでしちゃう市長の迂闊さもなかなかなので、全体的に自業自得との見方が優勢である。

で、そんなパワハラ市長にはめっぽう厳しい世間様ではあるのだが、人のふり見て我が身を直さないことと、悪びれもせずものすごく器用に自分を棚にあげることが彼らの特技なのか、日常生活においてはこの市長のような振る舞いは頻出するし、なぜかその場合には謝っているオレに対して、なかなか許せないオマエは、大変な悪党扱いをされるのである。

先日、渋谷駅半蔵門線のホームで、モラハラ系の背の高い彼氏と、足の太いミニスカートの彼女が言い争っている現場に遭遇した。

言い争っているというか、正確には「は？　意味わかんねーし」とか「馬鹿なんじゃないの」とか「きもい」とか言う男に対して、半泣きの女がひたすら「さっきの謝って」「とりあえず謝って」「謝って謝って謝って」と抗議していた。

この状況でその彼氏は絶対に謝らない、に千円賭けつつ、興味深いので乗るはずだった押上行の電車を2本ほど見送り、彼らの真後ろに陣取って携帯をいじるふりして私は一人で聞き続けていたのだが、途中からは彼女による、「あなたの言っていることはこれこれこういう理由で理にかなっていない」及び「あなたのしていることは明らかに矛盾していて間違っているのだから非を認めるべきだ」の反撃が始まり、もちろん男の方に非を認める様子も不毛な喧嘩を終わらせるためにとりあえず謝るという様子もなく、あえなくタイムアップで私が電車に駆け込むまで、双方キレまくったまま平行線だった。

男に謝らせるのは犬にニャーと鳴かせるくらいは難しい。

誰しも経験があると思うのだが、親切に対象を最小限に絞って、少なくともここはあなたが間違っている、と言ったところで、そして明らかに本人的にも「確かに」とか「言えてる」とか思っていそうな雰囲気がそこそこ漂っていたところで、その場ではほとんど外敵からヒナを守る親鳥のごとく、「ごめんね」を頑なに守る。

守ると何かご褒美があるのだろうか。

人狼ゲームとかそっち系の何かなのだろうか。

あるいは3って言ったらバカになる的なアレで、ごめんねって言ったらバカになると思っているのだろうか。

前世がフランス人のウエイターか何かで、皿を割っても「この皿は今日割れる運命だった」とか主張していたんだろうか。

さて、冒頭の市長はカメラの前で思いっきり頭を下げていたわけだが、これは謝らないいがデフォルトの男の中で、稀に見るいい男なのかというともちろんそんなわけではなく、これはこれでしょっちゅう目にする光景である。

脱税しといて、不倫しといて、適当な施工でマンションとか作っておいて、後でがっつり頭を下げる。

駅のホームでの言い合い中には雪が降ろうと槍が降ろうと謝らない男たちもまた、なんか知らないけど夜になっていきなり、とか、1週間後にちょっと笑いながら、とか、変なタイミングでゴメンとか言ってくることがある。

ホームでは「は？　言ってる意味がわかんねー」くらいの勢いで全面交戦の構えを見せておいて、一晩寝てエサを食べた後に、憑き物が落ちたかのように「いや、あれは俺も悪かったけど」とか「俺も謝るけど」とか言われても。怒りのピークの時に言われたい言葉は、ボクシングの試合後の水みたいなもので、次の朝に大量の水を出されてどうぞとか言われても……なのである。

当然こちらはそんな、「俺がスッキリするために言ったゴメン」なんかでは、駅のホームで明らかな正論を投げかけたにもかかわらず、ゴメンどころか散々暴言を浴びせられた恨みは晴れないので、どうにも腑に落ちないといったことを伝えると、今度は自分の吐いたゴメンを印籠がごとく振りかざして、「ごめんって言ってんじゃん」「謝ってんだけど」となぜか大変偉そうに返される。

それ以上詰めると今度は「ほんと女っていつまでもグチグチグチグチねちっこく嫌味言ってくるよね」と大きな主語で勝手な法則性を作ってくるのが目に見えているので、なんとなくそこでこちらはカロリーの高いわだかまりを残したまま黙る。

今さらごめんと言われて納得できないのは、きっとまた駅のホームで言い合いになったら、絶対に拳を振り上げたままに、またゴメンネの温存に走ることが目に見えてしまってるからだ。

要するに、非を認めて許しを請う意味のゴメンではなく、もうこのモヤモヤは耐えられないという拒絶のゴメンに聞こえるのだ。


微妙な罪悪感を感じつつ、雰囲気が悪いままのこんな関係はもうごめんだ、的な。


意地もプライドも脱ぎ捨てて死ぬほど嫌だったゴメンを言った俺って偉いでしょ、許すに値するでしょって思う気持ちはなんとなくわかるのだけど、何がそんなに死ぬほど嫌だったのか。

ゴメンを言わないことで何を守りたいのか。

自分の主張や持論だろうか。

でもだったらシャワー浴びてエサ食べたくらいで捨てられるんだろうか。

いや、そんな柔軟性があるとは思えないので、多分別にそれほどたいしたものを後生大事に守っているわけではない。
守っているのは純粋に、**ゴメンという言葉だけ**な気がする。
まったくもって悪あがきだ。

よく、女同士って3時間もお茶してて何話すの？ なんて聞いてくる男というのがいて、確かに要約すれば、Aちゃんは彼氏と喧嘩中でBちゃんはこないだの飲み会で会った銀行マンといい感じでCちゃんは元カレに未練がある、くらいで終わることを、私たち女は3時間でも4時間でも、下手すりゃ一晩中こねくり回して遊ぶ。

多分、**女にとっての言葉というのは男にとってのそれよりだいぶ軽やか**で、ぴったり言い当てられないことにあらゆる言葉を当てはめては外して、また別の言葉を今度は裏から当てて、というようなことを自然にしているのだ。
それは、世界という荒野と社会という荒波を無事に渡るために、拳や剣を与えられなかった女たちの特徴であって、**「言葉でわからねーなら身体で」**的な物言いは必ず男によってのみ発せられることと対になっている。

女同士ならだいたいは**「言葉でわからねーなら別の言葉で」**となる。だいたいは、というのはジャンヌ・ダルクと全国のレディースに敬意を表して、ということだが。

当然、言葉が軽やかであるというだけで、人間ができているとか、反省する心が整っているとかいうわけじゃないので、男とはまた別の仕方で変な悪あがきをする。男主体のマスコミが、小池知事が謝った、ということを一所懸命報じたが、実際よくよく聞いたら全然見当違いなことについて謝ってるだけで、実は自分の非は認めてない、とかそういうところで。

なんというか、整形してないとは言ったけど豊胸してないとは言ってないよ的なトリックをあらゆるところに作っている。

さらに、人の批判も真摯に受け止めているふりをして、それに激突せずに自分の思うように手足を伸ばすためのとんちを考えている。

それに対して男の場合、これを言ってダメならこれ、という風にはできていないので、口をついて出る言葉を引っ込めたり方向を変えたりする機能は、わりと鈍い。

さらにそれほど軽やかな口も持っていないので、ここでゴメンと言ったら終わる的な発想になったり、ゴメンと言ったからにはすべてが解決する的な発想になったりするのだ。

言葉の重みに自覚的なのは結構だが、国家元首でもない一介の彼氏がゴメン一言口にしたところでそんなことじゃ世界は変わらないので、重みを理解するならばどちらかと言えば暴言の方の重みを自覚し、ゴメンくらい1本目の電車が来る前にとっとと言い終わってほしいのだ。

とは言っても男って特にアツくなってる時は絶対に批判を受け入れないし、受け入れるふりすらしないし、ホント幼稚でムカつくよね、という話を、私は先週、とあるスポーツ選手の彼女と渋谷でご飯を食べながら2時間、コーヒーを飲みながらさらに1時間こねくり回し、まだ物足りないので、大体3500字を使ってさらに今こねくり回してみた次第です。

「ごめん」の一言は男にとっては大変貴重な重い一言であるのでこれを一度口に出したからにはあらゆる罪が帳消しになりむしろちょっと褒められるくらいじゃないと割にあわないものなのである
だからそれは前に「ごめん」っつったじゃん
は？だから何？
わたし許すなんて一言も言ってないんだけど？
ムスッ
ハァー!? 俺がせっかく謝ってるっつーのにおまえのその態度はなんなんだよ!!

PLAY / P224-237

男の言葉と行動の深すぎる分析
〜愛と妄想のファシズム

だいたい、彼氏やセックス以上彼氏未満と1回デートをすると、私や私の周辺の、人がよくて要領の悪い30代独身女は、いまいち消化不良な彼の言葉や「?」の残る彼の行動について、あれはどういうつもりで言ったのか、この連絡の目的はなんだ、あの時目をそらしたことにはどんな意味が、と分析を始める。

例えば、とある陽気な土曜日に彼氏未満と一夜をともに過ごしたとして、日曜日は市場へ出かけつつ、「先週のデートではセックスしなかったのに今回したのは前進なのか後退なのか」について女友達と議論し、月曜日におふろを焚きながら「また会おうって言ったということは彼も私と一緒にいたいということととっていいのだろうか」と浮き足立ち、火曜日はおふろに入りながら「でも次の約束を具体的に決めなかったということは本気じゃないのかも」と落ち込み、水曜日に友達が来て「5回もデートして付き合うと言わないってことはセックスだけの都合のいい関係にされるよ」と脅され、木曜日は送っていった友達からダメ押しで「他にも女がいるって考えると今までの謎がすべて説明できるよ」とメールが届いて悩み、金曜日は糸巻きもせず土曜日はおしゃべりばかり。ちゅらちゅらちゅらちゅらちゅら。

意味深な言葉が一つでもあれば、少なくともご飯屋1軒と飲み屋1軒分くらいの時間はその深読みと裏読みでおしゃべりが続き、彼から能天気なラインでもこようものなら、そのタイミングと内容と絵文字の位置などまで細かく分析し、女子会は深夜まで続く。私たちはだいたいこうやって35年間生きてきた。

中3の時、それまで私の苗字すら大して活用せずお前とか呼んでいた地元の同い年の男が「お前さ、下の名前なんていうの?」と聞いてきたことについて、友達を緊急招集し、

それって下の名前で呼びたいってこと? 俺のこともクボタじゃなくて下の名前

で呼べってことじゃない？　そのうち告られるんじゃない？　いや、もしかして俺は今まで何回も会ってるお前の下の名前も知らないほどお前に興味がないっていう意味じゃない？　でも前にみんなでボーリングした時、隣に座ってたよね、やっぱり好きなんじゃない？　でも好きな子には近づけないから照れ隠しで何とも思ってない子の隣にあえて座ったのかもよ？　と、お金もないのに深夜まで墓場で喋っていたのと、ほぼ同じ。

墓場がマックになり、マックがファミレスになり、ファミレスがワタミになり、ワタミがイタリアンになり、スタバを経由して焼き鳥屋になっているだけで、基本的には人生の膨大な時間、っていうか時給の発生していないほとんどの時間と時給の発生している一部の時間をそんなことの繰り返しに費やしてきた。

実に無駄なことをしてきたと思う。
多くの場合、行動分析と言葉の深読み及び裏読みがピタリと真実を探り当てたことなどないし、中3の時にクボタくんが名前を聞いてきた理由は未だにわかんないし、どんなに議論を尽くしてもすっきりしてよく眠れることなんてないし、ほとんどただの無駄な妄想に過ぎない。

何が間違っているって、そこに何か意味がある、と思うこと自体が激しく間違っている。

たいてい、私たちが妄想を巡らせて裏の裏を読んで深い深い意味を探している間、男はそんなに何にも考えてない。

なんてったって山がそこにあるから登る人々である。

あの日のキスの意味は？で私たちは5時間ほど議論ができるが、おそらく唇がそこにあったからだし、なんであのタイミングでエッチしたの？にしても、そこに下のお口があったからだ。

なんで可愛いって言ったのなんで好きって言ったのなんで付き合おうって言わないの、と私たちが逡巡する彼らの言葉も、基本的に言葉の持つ辞書的な意味以上のものはない。

なんてったって宇宙まで行って地球が青いって言う人たちなわけで、別に女とセックスしている最中に言う可愛いと、窓から入ってきたひよこがお尻をふった時に言う可愛いと、そんなに意味が変わるわけじゃない。

そして何より驚愕なのは、それが筋肉バカでもパチスロ中毒でもＩＢＭ勤務でも詩人でもわりと結構実はそうだということで、そんなことは29歳になったくらいから薄々感づいてはいた。

しかしそれを知ってなお、**男がただただ空腹だから発した「料理得意？」という言葉を、もはや、プロポーズ？と捉える**くらいには私たちの妄想は逞しい。

まさか京大で古典を学んだ人が腹が減ったと言う時に、それは空腹を意味するだけであるはずがないと何度も確信する。

これはなんなんだ。現代文のテストにありがちな、この時の主人公の気持ちは的な設問の後遺症だろうか。

後遺症だとしたら、予後に気をつけなかった足の指の骨折のように、年をとって余計にひどくなってきている気がする。

先日、同い年の友人３人で、新宿の安い串揚げ屋に居座って、元彼からの連絡について熱い深読みを交わし合った時の会話がこんな感じである。

「なんかＣちゃん経由で、元彼が連絡取りたがってる的なこと聞いたんだよね」

「その元彼ってアンタと別れた後、10くらい年下の女とすぐ付き合い出した一個上の元彼？」

「それあれじゃない？　若くて可愛い子に惹かれて付き合ったけど、結局常識ないし疲れるし会話合わないしバカだし、やっぱり同い年の聡明な女がよくなった的な」

「最悪、会社のメールは知ってるわけだから、仕事関係とか緊急の連絡だったらそっちで連絡するだろうし、そうなのかなぁ」

「戻りたがってるんだよ。じゃなかったら、お互い結構仕事でも絡むようなCちゃんをわざわざ巻き込まないでしょ」

「いや、でも私付き合ってた時、この人私のことそんなにタイプじゃないんだろうなって思ってたんだよね。戻りたがってるって、私の都合のいい解釈かなぁ」

「いや、でも私も去年、2年くらい連絡取ってなかった元彼がいきなり電話かけてきて、声聞きたかったとか言われて、そこから何回か連絡取ったらご飯行くことになって、戻る気とかある？みたいな話になったよ」
「でも、私は結構元彼たちと連絡取ってるけど、思

わせぶりなこととかやっぱ好きだなとか適当なこと言ってくるけど、核心には迫ってこないかも。誰かに構ってほしいだけの時に、元カノに連絡したくなる人が多いのは確かかも。男ってそこまで深く考えてないもんね」

「そうだよねー、あ、でもTさん曰く、なんか今の彼女が結構ワガママで、あんまりうまくいってないらしいんだよね」

「えーじゃあやっぱり、今になってあんたのこと惜しくなったんじゃない？」

「あ、そういえば先週、滅多にしてこないのにフェイスブックの私の投稿にいいね押してきたわ」

「それ完全に様子見てるよね」

「Cちゃんから伝わってくるのがやっぱ引っかかるよね、Cちゃんっておしゃべりだしあんたと付き合い長いし、絶対伝わるって思って言ってるじゃん」

「そうなの。ただ構ってほしいならそれこそフェイスブックのコメントとかツイッターのDMでいいよねえ？」

「ま、男ってそこまで深く考えてないけどね」

「でもやっぱり人から伝えてもらう時って自信ないけどかなり本気で慎重にいきたい時だよ。私、今まで唯一プロポーズしてきた元彼、最初に私のその時の一番仲よかった同期に、プロポーズしようと思ってるんだよねって相談して、その友達が私に言うの見越して様子見する算段だったっぽいもん」
「でもさ、あの10歳下の彼女と付き合い出した時、すごい浮かれてたらしいし、やっぱり若くて、パステルカラー着てる子がタイプなんだと思う。パンツばっか穿いてるの嫌って言われたことあるもん」
「あー。一番最悪なのは、今の彼女の相談とかされるパターンだよね。私の仲良しの先輩もこないださ……」

という、抜粋に抜粋を重ねてもこんなに長い無意味な推測を、平気で4時間くらいしていた。

途中、お腹いっぱいになって串揚げをギブアップして味噌汁とレモンサワーだけの時間があり、さらに話し続けていたらまたちょっとお腹減ってきて串揚げを再開した。

いかんせん、この年になるとそれぞれがいろんなパターンの経験則を持っているし、立証する経験も、反証する経験も語れるし、さらにトンデモな思い出話で話の腰を折る人間が出てくるし、知り合いも増えるから人の話まで持ち出して色んな論や法則ができるので、話は堂々巡りと枝分かれを繰り返し、終電や眠気や翌日の仕事というものが存在しなかったら別に3日間くらいは続けられる。お腹減ったら串揚げ頼めばいいし。

そういえば昔、米ドラマの印象的な台詞で、それをタイトルにした映画までできた「He's just not that into you」というものがあった。恋愛中にどうしても自分に都合よく考えてしまって「まだ手を出されていないのは大事にされているから」「連絡くれないのは超忙しいか、彼なりの駆け引きかも」とお花畑みたいな脳内になってしまう女の性質を、いや手を出さないのも連絡くれないのもそんなにお前に興味ないからだよ、と諭す言葉だが、年をとるにつれて**若い頃ほど幻想の中で生きていないだけに、その逡巡は個人の中でもものすごく発育されてしまう。**

思えば**10代20代の頃は、基本的に自信満々で勘違いしながら生きていた**ので、全体的に「彼は私に気があるかも」という幻想の中で生きてきた。

もちろん私もそうで、実家の鏡の調子がよかったのか母親がわりと美人と呼ばれる人種だったからか、自分も美人なような気がしてしまって、他人からの評価は特にないうえに、どちらかと言うとというレベルではなく残念な顔の父親に生き写しみたいにそっくりと言われ続けていたにもかかわらず、小学校の同級生男子の3割くらいは私のことを好きなような気がして、**脳内にシュークリームとチューリップが詰まっているようなお幸せな子供時代**を過ごした。

高校時代はギャルグループに所属しているというだけで、私たちって世の男子の憧れ、という根拠ゼロの自信を頼りにでかい顔をして生きていた。

今改めて小学校の卒アルなど見ると、好意的に言って顔は中の下だし、高校時代のスナップでは安室ちゃんのつもりの細眉が完全にシャ乱Qで、記憶を手繰り寄せても同じクラスの男子に告白されたことなど小中高合わせて（中学だけ女子校だけど）2回しかないし、しかもその内の1回は男子の悪ノリ罰ゲーム疑惑が濃厚だし、あの謎な万能感はどんな化学反応によって生まれていたのか本当に謎だが、まぁ若さというのは迂闊なものである。

そして**そんな現実が見えてしまうという意味で、年をとるのは過酷なこと**である。

過酷な30代を東京で生きることで、いろんな現実が見えて妄想が収まり現実的な思考になるかというと、実はその妄想は複雑化と肥大を繰り返し、少女漫画脳のまま自分に都合のよい幻想が浮かんでは、いやいや経験上男はそんなに優しくないし自分はそこまでいい女じゃない、と苦い過去に裏付けされた過酷な自分ツッコミをして、でも今度は人の経験則などに影響されて楽観的になり、これは遅れてやってきた運命の出会いかも、とまたハリウッド的な壮大な勘違いが頭をよぎっては、そんなドラマみたいなこと私のような凡人には起こるわけないしと自省する。

これ、逆バージョンもあって、強いコンプレックスでパッとしない10代を過ごしていると、手に入れた財力や化粧力で大人になって自信をつけ、今の私なら男が放っておかないはず、と幻想が浮かんでは、でも所詮私は元ブス、と染みついたマイナス思考が頭をよぎり、いや、でも綺麗になったとみんなに言われるし、この間もナンパされたし、とハードルの低い根拠によってまた自信を取り戻し、でも高校時代にみんなの憧れだったあの子だって恋愛がうまくいってないのに陰キャラの私がうまくいくはずない、とまた肩を落とす。

どっちにしろ逡巡が長くなっていくぶん、それに付き合う女子会も、明るくなったり暗くなったりしながら年々長くなる。

男の行動にそこに山があるから以上の意味がないことなどすでに何度も学んだはずなのに、そして女子会中にも「男の行動にそんな深い意味はない」という言葉が何度も出てくるのになぜ、**私たちはその行動の裏にある自分へのメッセージをどうしても探してしまうのか。**

年を経て改善されるどころか、どうして悪化しているのか。

もうほんと、年増っていうだけで男ウケ悪いのに、面倒臭い思考までくっついたら私が男だったとしてももうちょいシンプルに考える若くて可愛い子の方がいいと思うのに、串揚げ2ラウンドも食べたら落ちにくい脂肪が増えるだけなのに、どうしてもやめられない。

また勝手に人のせいにすると、やっぱり男の言葉が不足しているのだ。

私たちが欲しい言葉を、時には言いたくないからわざと、あるいは無意識に、あるいは単にわかっていると思って、あるいは言葉にするのが苦手だからという子供みたいな理由ですぐに省略する。

欲しいのはたった2文字だったり5文字だったりするのに、そんな直接的でシンプルでわかりやすい言葉をなかなか言ってくれないから、私たちは意味のない挙動の裏や言葉の細部にそのサインを見つけて安心したい。

話をしない男、行動を読みすぎる女、言葉が足りない男、深読みしかしない女……ピーズ夫妻に書いてほしい本のタイトルはどんどん溜まる。

男!!
山がそこにあるから登る!!
唇がそこにあるからキスする!!
下のお口がそこにあるからセックスする!!
なんでなんで?
これってどういうこと?
彼は何を考えているの?

あとがき

女がそんなことで喜ぶと思うなよ、というのは確か私が、30代の女ならチョロいでしょ、というスタンスで口説いてくるおじさんに遭遇して、ポロッとどこかに書いた一言なのだけど、男に言われる言葉をいちいち海底の深さまで分析するくせに、それを真っ直ぐ素直に受け止めることはしない、皮肉っぽくて天邪鬼でそのわりに乙女チックな大人の女の習性と、何回言っても若い女の価値を信じて疑わない男の習性を、端的に表した良い一文な気がする。それをタイトルに冠した本を書くとは、その時はまったく思っていなかったけど。

そんな私の一言を、膨大な文字が溢れる現代から見つけてくださって、1年も待たずにこんなステキな本を作ってくださった集英社の志沢直子さんにまず心から感謝します。毎週月曜日に更新していた本連載ですが、大体の原稿は私が日曜の朝に送っていたので、志沢さんの経験と頭のキレと辛抱強さがなかったら多分2週で終わっていたはずです。志沢さんの出来る女っぷりに憧れなかった日はありません。いつかはそんな女性になりたい。
それから、私の長くて不親切なコラムが言いたいことを、余すことなく鮮やかに一コマのイラストで描いてくれた峰なゆかさんにも土下座レベルで感謝します。なゆゆの才能を羨望しなかった日はありません。生まれ変わったらあなたになりたい。

それから、私の本は、基本的に女友達との長い長いおしゃべりなしでは生まれません。いつも次の日会社があったりデートがあったりするのに深夜まで付き合ってくれるナニーズの皆さん、学生時代から懲りずに一緒にいてくれるビッチーズの皆さん、他の大事なギャルズたちにも、愛と感謝を送ります。そう簡単に幸せになんかならないだろうけど、その方がおしゃべりは楽しいので、ドンマイ。

おしゃべりの話題は大体は男の話だし、仕事しようという原動力も大体は男なんだけど、男には特に感謝はしていないので、愛と憎しみを込めて、この本を捧げます。

２０１９年５月　鈴木涼美

鈴木涼美（すずき・すずみ）

1983年東京都生まれ。慶應義塾大学環境情報学部を卒業、東京大学大学院学際情報学府の修士課程を修了。大学在学中に横浜や新宿のキャバクラ嬢として働き、20歳でAVデビュー。約3年間の間に80本近くの作品に出演する。東大大学院で執筆した修士論文は『「AV女優」の社会学 なぜ彼女たちは饒舌に自らを語るのか』（青土社）として後に書籍化される。院卒業後、2009年に日本経済新聞社に入社し、都庁記者クラブ、総務省記者クラブなどに配属され、地方行政の取材などを担当したのち、2014年に退社。
以降『身体を売ったらサヨウナラ 夜のオネエサンの愛と幸福論』『愛と子宮に花束を』（ともに幻冬舎）、『おじさんメモリアル』（扶桑社）『オンナの値段』（講談社）など著書多数。本書が初出連載されていたウェブサイト「よみタイ」では、あらたに女性目線の女性論『〇〇〇な女〜オンナはそれを我慢している』を連載中。

装丁・デザイン　照元萌子
装画・イラスト　峰なゆか

校正　鷗来堂
編集　志沢直子（集英社）

●本書はウェブサイト「よみタイ」（https://yomitai.jp/）に2018年10月〜2019年3月まで
連載されていたものに、加筆・修正、書き下ろしを加え、再編集したものです。

女《おんな》がそんなことで喜《よろこ》ぶと思《おも》うなよ
〜愚男《ぐなん》愚女《ぐじょ》愛憎《あいぞう》世間《せけん》今昔《こんじゃく》絵巻《えまき》

2019年6月10日　第1刷発行

著　者　鈴木涼美《すずきすずみ》
発行者　茨木政彦
発行所　株式会社 集英社
〒101-8050 東京都千代田区一ツ橋2-5-10
電話　編集部 03-3230-6143
読者係 03-3230-6080
販売部 03-3230-6393（書店専用）
印刷所　大日本印刷株式会社
製本所　ナショナル製本協同組合

ISBN978-4-08-788011-3 C0095